ちいさな神様、恋をした
「おやすみなさい、新市さん」
葛の唇は自然に新市の頬に下りていた。

ちいさな神《かみ》様《さま》、恋《こい》をした

朝《あさ》霞《か》月《つき》子《こ》

ILLUSTRATION：カワイチハル

ちいさな神様、恋をした

LYNX ROMANCE

CONTENTS

ちいさな神様、
恋をした

まだ僅《わず》かばかりの白い朝靄《もや》がたゆたう早朝。しっとりと濡れた草葉は、昇ったばかりの朝日に照らされてキラキラと輝き、早起きの鳥や動物たちが活動を始める音が微《かす》かに聞こえるくらい。ただ、田園風景の中にぽつんぽつんと立つ家々から立ち上る煙は、竈《かまど》に火が入ったことを教え、ガタガタと戸が鳴る音は早起きの住人たちが起き出して来たことを伝えてくれる。今はまだ静けさの方が勝っているが、直《じき》に賑《にぎ》やかな声が聞こえてくるはずだ。

津和《つわ》の里。住人たちは自分たちが住むこの山奥の村のことをそう呼ぶ。上流には津和の淵《ふち》という名の深く青い清水を湛《たた》える淵もあり、そこから村に流れて来る川は住人の命水だ。

水を始め、自給自足が当たり前の里には、季節毎《ごと》に新鮮で豊かな実りを齎《もたら》してくれる田畑も広がり、実に長閑《のどか》な光景だ。

空の青、草木の緑に豊穣の茶色、鮮やかな色を纏《まと》った鳥や花。生活の音がなければ、永劫《えいごう》変わらぬ光景が繰り返されるだけと錯覚しそうになるほどに、里の時間はゆったりと流れている。

そんな早朝の静けさの中、葛《かずら》はしっとりと濡れた小道をタタタという軽い音を立てて駆けていた。人の手のひらほどの大きさしかない小さな少年の赤い鼻緒の草履を履いた白い足が、膝丈の着物の裾《すそ》を揺らしながら先を急ぐ。濃い紅色の千鳥模様の帯は、最近のお気に入りだ。

頬《ほお》の少し下で切りそろえられた茶色の髪はふわりと緩くうねり、毎朝のように葛を悩ませる。世話になっている千世《ちせ》の真っ直ぐでさらさらの髪に憧れるのは、葛の髪には毎朝のようにどこかに癖がついてしまうからだ。昨日は右側だったかと思えば、今朝は真後ろというように。もしかすると明日には前髪がクルンクルンと跳ねてしまっているかもしれない。

起きてすぐに丁寧に水で抑えても、日が昇って乾いてしまえばまたふわふわに戻ってしまう。

里の皆には、雛鳥の羽のようで似合っていると言われるし、自分でも嫌いではないのだが、言うことを聞かない髪の毛に手を焼かせられるのは葛本人にとっては悩みでもあるのだ。皆に言わせれば「贅沢《ぜいたく》な悩み」なのだそうだが。

その髪を揺らしながら、葛は目的の場所を目指した。千世の家の敷地は広く、小さな葛の足ではかなり距離を歩かなければならない。母屋から裏の庭に回り、裏木戸を潜《くぐ》って竹林の中の小径《こみち》を抜け、少し歩けばすぐに透き通った水を湛える池に辿《たど》り着く。竹垣で囲われている千世の屋敷だが、実際には山から下って来る支流が流れ込むこの池からこちら側が「千世の住処《すみか》」というのが、昔からの暗黙の了解になっている。

その池のほとりに群生している「甘露草《かんろそう》」と呼ばれる花の朝一番の蜜《みつ》を取ることが、葛の仕事だった。

蕾《つぼみ》がまだ閉じていることに、葛はほっと安堵《あんど》の息を吐いた。

釣鐘状に揺れる蕾が開く時、一滴の蜜を零す。それを出来るだけたくさん集めるのは慌ただしく、骨の折れることではあるが、精一杯頑張ったという疲労を感じることとは、葛にはとても嬉しいことだった。

小さな自分でも出来ることはあるのだと、額に浮かぶ汗や一滴一滴増えるたびに背中にも増す重みが教えてくれる。

本当は、千世が自分で採取しに行くのは簡単なのだが、大きな千世が動くたびに花を揺らしてしまうと、器に受け取ることなく零れてしまう。群れる小さな花から落ちて来る雫《しずく》を採るのは慎重な手つきと動作が必要なのだ。その点、甘露草とあまり変わらぬ背丈の葛なら、茎に触れることなくハチドリのように軽やかに、次々に他の花へ移ることが出来る。

初めて手伝いをした朝、千世は満面の笑みを浮かべて言ったのだ。

「上手だなあ、葛は。俺よりたくさん採れたじゃないか」

そんな千世の期待に応えるべく、今朝も張り切る葛は淡い赤紫色の蕾が開くのをじっと待った。

毎日毎朝、小川のほとりにしゃがみ込んで待つ間に、葛にはどの蕾が先に開くのか何となくわかるようになっていた。直感というのか、「もうすぐ開くよ」と、音にならない花の言葉が教えてくれるのだ。

朝日を浴びて一つ開けば、数十個もの蕾が次々に花を開かせる。背負って来た木製の容器を両腕で抱えて花の真下で構える格好も、大分様になって来たと自分では思っている。

露はもう完全に消え、眩《まぶ》しい朝の光が水面《みなも》の上をキラキラ弾けるように滑って流れて行く。そっと池の底を覗《のぞ》き込めば、白い小石と一緒に柔らかな前髪を垂らした自分の顔が見え、その顔に向かって葛は「おはよう」と声に出してみた。

今日は何をしようか。

器を抱いて花の横に座り込み、葛は屋敷に帰ってからのことを考えた。

葛が覚えている限り、今日の来客予定はなかったはずだが、薬師《くすし》をしている千世のところには、世間話をしに多くの人が訪れる。彼らの為に団子や茶を運ぶこともあるかもしれない。昨日、染物屋のお蝶《ちょう》様が新しい反物《たんもの》が仕上がったから見せてあげると言っていたから、持って来てくれるかもしれない。それに、そろそろ里の外に出ていた伊吹《いぶき》が手土産片手に戻って来る頃だ。前の時には可愛らしい動物の形の時計を持って来てくれた。その前には見たこともない綺麗な金色のガラスの魚だった。今度は何だろうか？

里での暮らしは毎日が穏やかで代わり映えのしないものだ。だから伊吹のように、時々ふらりと旅に出る者もいるし、里から離れて町で暮らす仲間もいると聞く。

千世の屋敷の周囲だけ、遠くても津和の淵まで出掛けるくらいの狭い範囲で日常生活が完結してしまうものの、葛自身は里を出たいと思ったことはない。ただ、知らない世界の話を聞くのは好きだった。

「あ」

ほわ、と空を見上げた時、薄《うっす》らと蕾の先が震えたのが目に入り、葛は慌てて器を抱えて立ちあがった。

真上に器を掲げた瞬間に、ポトリと落ちて来た透明の雫。器を抱える腕に力が籠《こも》る。一滴だけで終わりではない。これから次々に開く花の下を回って、出来るだけ多くの蜜を集めなければならないのだ。すぐ隣も、それから右も左も。どの花も咲こうと蕾の先を震わせている。

器一杯分の蜜で、百人分の薬が出来るのだと千世は言う。

「お前は百人の怪我や病気や命を救う手伝いをしてくれているんだよ」

だからとても大切なお役目なのだ。

葛はキリリと唇を引き結び、隣の花を見上げ、その下に駆け寄った。これからどんどん咲いて行く花が与えてくれる蜜を集められるかは、自分の働き次第なのだと気合を入れて。

長いような短いような時間が過ぎ――。

「いっぱいになった」

器の縁ぎりぎりまで貯まった蜜に、覗き込んだ葛は、ほくほくと笑みを零した。きつく蓋《ふた》を閉め、零れないように注意深く蓋の縁に布を巻く。これから母屋まで重くなった器を背負って帰らなければならないのだ。行きは軽い足取りでもよかったが、帰りは零さないように慎重に歩かなければならない。しっかりと蓋を閉めれば多少横にしても零れることはないと千世は言ってくれたが、万一ということもある。小石に躓《つまず》いて転び中身を零してしまえば、それはもう「大打撃」なのだ、葛には。

背負うために器の前に腰を落とした葛は、その時草の間から見えた明るい金色のものに気づき顔を上げた。

「あれ？　きつね？　怪我したのかな？」

山に囲まれた津和の里では様々な動物の姿を見かける。山の奥に住む野生の狐《きつね》や狸《たぬき》が里に下りてくることもあり、一匹が何らかの理由で動けなくなったものではないだろうかと考えてしまったのは無理もない。

春先に、ふさふさの尾を揺らして山から下りて来た迷子の狐も何匹かいた。もしも親からはぐれて里に来てしまって動けなくなったのだとしたら、この場で助けることが出来るのは自分だけだ。

背負いかけた器を倒れないようにそのまま木の根元に置き直した葛は、草をかき分けて輝く色を目指した。だが、

「きつねじゃない……」

そこにいたのは危惧《きぐ》していた狐とは似ても似つかぬ生き物だった。尾はない。鋭い爪《つめ》もない。

「おとこの、ひと？」

葛や千世や伊吹たちと同じ人の形をした男が一人、

仰向けになって倒れていたのである。初めて見る金色の髪の毛に驚いた葛は、棒立ちになってしまったものの、驚いている場合ではないと慌てて男の側に駆け寄った。

口の側に顔を寄せ、呼吸が行われているかどうかを確かめる。そっと手を当てた首元からは、ドクドクという音が聞こえて来そうなほどで、それに少し安心した。触れるほどに近付けた唇の隙間《すきま》からは、静かな呼吸音が聞こえる。

「具合が悪くなっただけならいいんだけども」

心配げな黒い瞳は男の横顔から離れることはない。狐たちのような黄金色ではなく、少し薄い金の髪は、これまで葛が見たことのない色だった。津和の淵に住む都杷《とわ》の髪は真っ白でとても綺麗だが、それとは違う、透かせば金に見える髪を持つ人は、里には誰もいなかった。

「外にはこんな髪の人がいっぱいいるのかな」

ほえぇと膝《ひざ》を着き、まじまじと顔を覗き込み、目の前の薄い金の髪を眺めていた葛は、

「そうだった！」

慌てて顔を上げ、キョロキョロと周りを見渡した。

「どうしたら……」

どうするも何も、人を呼ぶか自分で運ぶしかないのだが、体格的な理由から後者の方法は葛には困難を極める。

空腹か、それともただ眠っているだけかわからないが、葛がここまで顔を近づけても起きようとしないのだから、好き好んでこの場所にいるわけではあるまい。里の入り口に一番近い場所にある千世の屋敷の裏には、今朝も歩いて来た竹林があり、外へと繋《つな》がっている。そこから迷い込んで来たのだろうか。

想像は広がるが、肝心の相手が寝たままでは事情

も何もわかったものではない。

「よし！」

葛はぎゅっと手のひらを握り締めた。

「千世様も都杷様も、困っている人は助けなさいって言ってたもの。だから」

この場に自分しかいないのなら、その役目を担えるのはやはり自分だけだと、葛は凜々しく立ち上がった。

「すぐに布団の上に寝かせてあげるから、待ってて」

優先順位は決まっている。男と器、二つを同時に運ぶのは無理だと判断した葛は、それから着物の袖をたくし上げ、帯に挟み、男の着ている服に手を掛けた。

「よいしょっ！」

自分より遥かに体格のよい男を屋敷に連れ帰るため、思い切り腹と腕に力を込めた。


櫨禅《ろぜん》は友人の千世の屋敷を訪れていた。他人の家を訪問するには早過ぎる時間帯だが、千世の屋敷のすぐ隣に住んでいる櫨禅が朝飯を一緒にするのは、長年続けられてきた習慣で、早苗《さなえ》という千世の屋敷で働く家事手伝いの少女も、作務衣《さむえ》姿でのっそりと框《かまち》を越えて入って来た巨軀《きょく》を認めると、「おはようございます、櫨禅さん」と定例となった朝の挨拶《あいさつ》をした。

それに応える櫨禅の方の挨拶もほぼ同じで、

「おはよう。千世は起きているか？」

寝起きの悪い幼馴染《おさななじみ》が、ちゃんと布団から起き出しているかどうかの確認をする。

「はい。今朝はもう起きていらっしゃいますよ。なんでも珍しくパチリと目が覚めたと仰ってましたわ」

早苗はそばかす顔に愛嬌《あいきょう》のある笑みを浮かべた。

櫨禅の太い眉が「ほう」というように上がる。

「もう洗面も済ませて、今はお庭の方に出てますよ」

それだけ言うと早苗は洗濯籠《かご》を抱えて奥の水場に向かった。

小さな頃から勝手知ったる隣家である。櫨禅の足は庭に面した廊下をまっすぐ進み、すぐに置き石の上に腕組みして立つ千世の後ろ姿を認めた。

声を掛けようとした櫨禅は、しかし千世の背中が苛立《いらだ》っていることに気づき、寸前で口を開くのを止めた。

（……早起きしたと聞いたが？）

寝起きの悪い時には起こしに行った時によく八つ当たりされるものだが、それとは違う焦燥と機嫌の悪さが背中から見て取れる。

さて、何と声を掛ければよいものか。

櫨禅が逡巡《しゅんじゅん》していると、

「遅い」

千世が低く声を出した。自分に向けられたのではないその声に、櫨禅は溜息《ためいき》をつきながら尋ねた。

「遅いとは？」

「葛の戻りだ。もうとっくに帰って来ていい頃なのに、まだ戻らない」

ああ、と櫨禅は納得した。千世が可愛がっている少年が、朝の蜜採取から戻らない、だから心配で堪《たま》らないのだという気持ちが声の響きに含まれていたからだ。

櫨禅は葛のふわふわとした頭と笑顔を思い出した。気難しい――櫨禅に言わせれば我儘《わがまま》な千世が唯一、気に掛けている少年の「櫨禅様」という声は確かにまだ今朝聞いていないし、味噌汁《みそしる》や飯の匂いの中に葛の甘い匂いはしない。

そもそも、耳敏い子だから、櫨禅と早苗の会話が聞こえていれば、すぐに廊下の奥から駆けて来る足音が聞こえて来るものなのだが。

「どれくらいになる？」

千世の頭が少し斜めになり、項《うなじ》に掛かっていた薄茶の髪が揺れた。寝ている間に出掛けたのなら、わからなくて当然だ。

「知らない。だが、早苗の話だといつもならもう帰って来ている頃だそうだ」

下働きと言っても住み込みではなく通いだ。里に住む少年少女は幼い頃から誰かしらの家に働きに出ることが普通で、早苗も例に漏れず、十五の頃からこの気難しい千世の家で働き始めて、もう二年になる。

「転んで泣いていなければいいのだが。この間は大きな鳥に追い駆けられたと言っていたから、どこかに隠れてやり過ごしているのかもしれない」

声に出してしまえば心配が先に立つ。それまで動こうとしなかった千世の体が裏木戸に向かって歩こうと動き出す。

そこで櫨禅は「はァ」と息を吐《つ》き、縁石に置かれた下駄に足を通した。里どころか、近隣でも類を見ないほど巨軀の持ち主の櫨禅の足に見合った大きな男下駄がここにあるということは、それだけ頻繁にこの屋敷に出入りしている証拠のようなものだ。

通常はここに千世の草履と葛の小さな赤い鼻緒の草履が並べて置いてあるのだが、今はそれもなく早苗の下駄が一つ残っているだけだ。

「俺が行く。お前は早苗の手伝いでもしていろ」

ぽんと千世の肩に手を置いた櫨禅はゆったりとした足取りで生垣まで歩き、するりと裏木戸に手を掛けた。櫨禅にとっては腰までもない竹垣の向こうにはほっそりとした小径があり、まっすぐに行けばすぐに辿り着く。

小さな葛の足では長い道のりも、櫨禅には運動にもならないほどの距離である。

「すぐに拾って戻って来る」

裏木戸を押し開けた櫨禅は、それで心配そうに自分を見つめる千世に笑い掛けた。

「早苗に言っておいてくれ。味噌汁の具は厚揚げにしてくれと」


その時の葛の心境を端的に表現するならば「神様ありがとうございます！」だ。

倒れていた男を何とか甘露草が咲いているところまで引っ張って来たが、そこまでが葛の限界だった。

男には悪いが、仰向けになって倒れたままの男の肩に寄り掛かって座り込む葛の顔は、真っ赤に上気し、ハァハァという荒い呼吸でわかるように肩は弾むように揺れていた。

「ごめ……な、さい。もうだめ……」

小さな自分の手を見つめる。男の服をギュッと握って引っ張っていたせいか、指の節々がかなり堅くなっていて、ふるふると震えている。

「ごめんなさい……わたしが非力なばかりに……」

もう情けなくて涙が出て来そうだ。実際に葛の大きな目には小さく涙が盛り上がっている。

「行き倒れ一人助けることが出来なんだ……」

ほんの少しの距離を引き摺《ず》って来るまでに、何度も後ろにすってんころりんと転んでしまった。そのため、葛の着物の尻と背中の部分は土で汚れてしまっている。帯も型崩れで、髪も汗でくしゃくしゃで、雛鳥どころか大層みすぼらしい格好に変わってしまった。

　頑張れば出来ると思っていたが、自分の甘さを思い知らされた。いや、最初からわかりきったことではあったのだ。ただ、葛が出来るかもしれないと期待していただけで。

　結果的には惨敗だったのだけれども。

　これはもう自分で運ぶのは諦《あきら》めるべきだと考えた葛は、手のひらでペチペチと男の頬を軽く叩いてみた。

「起きて。なあ、起きてくれろ」

　だが、何度耳に口を当てて話し掛けても反応はない。

「どうしたもんだろか……」

　屋敷の裏木戸はこの先の道を少し曲がれば見えるのに、そこまでがとても遠く感じられる。だが、このまま座り込んでいても事態が好転しないのは明らかだ。

　葛は寄り掛かっていた上体をゆっくりと起き上がらせた。まだ息は整っていないが、あと少し頑張ればいいだけなのだから、何とでも出来るだろう。

「走って誰か呼んで来るから待ってて」

　千世はともかく、葛が家を出た時にはまだ来ていなかった働き者の早苗は、もう台所仕事を始めているはずだ。

　そして走り出そうとした時、

「櫨禅様！」

　大きな男の姿が目に飛び込んできて、目をパチリと見開いた後、葛は大きく手を振った。

　千世の友人で、葛にとっては千世同様、兄と慕う人物だ。どっしりという表現が似合うほどがっしりとした男は、地面に座り込んだまま手を振る葛を見ると、「お」という形に唇を薄く開いた。

「ここです、葛はここです」

言いながら立ち上がろうとした葛は、膝から力が抜けてそのままへにゃりと座り込んでしまった。

「あれまぁ」

自分でもびっくりするくらい力は入らず、目を丸くする葛を大きな手のひらが抱え上げる。

「櫨禅様」

自分が苦労して歩いて来た道をあっという間に詰めていた櫨禅は、手のひらにちょこんと座る葛の頭を指で撫《な》でた。

「おはようございます、櫨禅様」

「おはよう、葛」

「櫨禅様が来られたということは、もう朝餉《あさげ》の時間ですか？」

「ああ。早苗ももう来ていたぞ。今朝は味噌汁と鱈《たら》の煮物だと言っていた」

飯の話を聞いた途端、葛の腹がぐぅと鳴った。恥ずかしくて慌てて腹を押さえるが、櫨禅の耳には聞こえていたはずだ。

「千世も起きて待って心配していたぞ。葛が帰らないと言ってな」

「千世様が！　もう起きているんですか!?」

心配されたことよりも、そちらの方に驚いた葛がまじまじと櫨禅の顔を見つめると、男はそれはもう深刻ぶった表情で頷《うなず》いた。

「それは大変じゃあ……。雨は降らんだろうか」

こんなに天気がいいのにとそれはもう深刻に眉を寄せた葛に、櫨禅は声を上げずに笑った。

いつもはしない「よい行動を取れば雨が降る」というのは、千世が葛によく言って聞かせる言葉で、「だから自分は里の皆のために寝坊をしているのだ」と言うのを、素直な葛は信じているのである。

「まあ、今日は雨の心配はないだろう。それよりも」

櫨禅の視線が下に向けられたのを見て、慌てて葛は櫨禅の襟《えり》を掴《つか》んだ。

「そうだ、櫨禅様。この人が倒れておったのです」

見下ろす先の男は葛が見つけた時のまま、目を閉じて眠り続けている。

「見かけない奴だな」

「あそこです。池の側……甘露草の近くに倒れておりました」

指差した先は葛には見えないが、長身の櫨禅には赤紫色の花が咲いているのが見えているのだろう。少し目を眇《すが》めた後、「境界を越えたか」と呟《つぶや》いたのが耳に届いた。

「里の外の人ですか？」

「そうかもしれないな」

「病《やまい》かな。それとも腹を空かせているだけでしょうか？」

空腹だけなら目覚めた後に握り飯を食わせれば元気になるだろうが、もしも病だとすれば、早急に手当した方がいいのかもしれない。

ここに至って葛は、自分がもっと早くに人を呼びに行くべきだったと後悔した。もしも手遅れになってしまえば、この先一生を後悔して過ごしてしまうだろう。

（わたしが見栄っ張りだったばっかりに）

どんよりと落ち込んでしまった葛は、いつの間にか櫨禅が男の側にしゃがんでいることに気づいた。

「怪我はしていないようだな。呼吸は安定している。苦しがったりはしていなかったか？」

「あ、それはないです。わたしが気づいてからはずっと寝たままでした」

「そうか。それなら深刻な病を持っているというわけじゃないだろう」

「櫨禅様はそう思うのですか？」

「軽い診立《みた》てだがな。後は俺の家に運び込んで……どうした葛？」

くいと袖《そで》を引っ張られた櫨禅が、葛に目線を落とす。

「あの、櫨禅様のところではなく千世様のところでは駄目ですか？」

「千世の？」

「あの、櫨禅様は里のお医者様だし、お道具なんかもそっちの方があるかもだけれど、ただ寝ていただけだったら、他の患者さんたちに悪かろうと思って」

「別に悪くはないが。里の者に俺の世話に掛かり切りになるような病人も怪我人もいないからな」

「だけども、櫨禅様はお独り身だし、お世話が大変ではありませんか？」


朝飯も昼飯も夕飯も、千世の屋敷に食べに来る男にまめな世話が出来るとは思えない……とは口に出して言えないが、葛の表情は思い切りわかりやすくそれを語っていた。それと同時に見えるのは、

「起きて動くところを見てみたい」

という純粋な好奇心だ。何せ、葛にとっては初めて見る里の外から来た人だ。櫨禅の家に預けられてしまえば、ほいほい見に行くことも出来ない。隣家と言っても、田んぼを三つ挟んだ向こうにある櫨禅の家は、葛が簡単に歩いて行ける距離ではない。早苗や千世にお願いするのは気が引ける。葛をよく連れ歩いてくれる伊吹は不在で、どうしても行動範囲が狭くなってしまうのだ。

「俺としてはどっちでもいいんだがな」

頭の後ろをかきながら櫨禅は苦笑した。

「そうだな。葛の言う通り、千世の家がいいだろう。

うまい飯も食わせて貰《もら》えるし」

「わたしも！　わたしもお世話してもいいですか？」

「千世がいいと言ったらな。説得は自分でするんだぞ」

葛は勢いよく首を上下に降った。

そんな葛の乱れた髪を指で直してやると、櫨禅は葛を地面に下ろして男の体を両の腕《かいな》にグイッと抱え上げた。

「さすが櫨禅様……」

寝ている姿から想像するしかないが、それでも気を失っている男が千世よりもずっと大きく見えた葛には、軽々と抱え上げた櫨禅の膂力《りょりょく》は驚きに値するものだった。薪の束を何束も抱えたり、丸太を軽々と運ぶ姿を見て怪力を知ってはいるのだが、自分には出来なかったことを簡単にやってのける櫨禅の力は、いつ見ても凄《すご》いと感嘆させられる。

「さすがに力で負けるわけには行かないからな。ほら葛、お前も乗れ」

「あ、はい！」

差し出された手のひらの上に乗ろうとした葛は、だがそこで「あっ」と小さな声を上げた。

「先に戻っててください。大事なものを忘れておりました」

這《は》い登り掛けた膝をすぐに下ろした葛は、器を取りに戻るため駆け出した。駆け出したのだが、後ろから伸びて来た手に蝶結びにした帯を摘まんで持ち上げられてしまった。

「ろ、櫨禅様っ」

ばたばたと手足をばたつかせる葛の正面に、笑う櫨禅の顔がにゅっと付き出される。

「花の蜜だろう？　どこにあるんだ？　一緒に持とう」

「だけども、朝餉が」

「お前を置いて帰れば、千世から小言を言われるからな。ほら、そこに座っていろ」

ひょいと落とされたのは眠る男の腹の上で、「うわあ」と声を上げた葛は、さすがにそこに居座る気になれず、よじよじと櫨禅の肩に登った。

「なんだ、そこがいいのか」

「人の上に寝るのはいけないと千世様が」

櫨禅の眉がピクリと上がる。

「千世が？」

「はい。わたしが伊吹様の腹の上で昼寝をしておったら、千世様に説教されましたのです」

「あー……伊吹か。別に構わないだろうと思うがなあ」

「でも千世様、ご機嫌が悪くなってしまいました。だから、人の上に寝たり座ったりしたと千世様に気付かれたら、また説教をされてしまう」

葛はぶるぶると震えた。基本的に手を上げられたことはないが、長い間正座して小言を聞きたくはない。

「なるほど。千世の説教はくどいからな。俺にも覚えはある」

むしろ一番よく千世の小言を貰うのは自分だろうと苦笑する櫨禅を気の毒に思った葛は、肩の上から手を伸ばし、少し髭《ひげ》の剃《そ》り跡のある頬を撫でた。

「ありがとうな、葛」

櫨禅の足であっという間に花の群生地に戻って来た葛は、器が倒れずにいたことに安心した。

櫨禅の両腕は塞がっているため、器はいつも通りに葛が背負ったまま櫨禅の肩に座る形で、屋敷へ続く竹林の小径を辿った。

「――で、この男を預かって養生させろと？」

千世の低い声が聞こえ、畳の上に正座していた葛はビクと肩を竦《すく》ませた。

「この赤の他人を？　俺の家に？」

「……駄目ですか？」

「駄目に決まっているだろう。怪我をしたわけでもない、命に関わる病に冒されているわけでもない。単なる行き倒れの男じゃないか」

「だけど、全然目ぇ覚まさない……」

「行き倒れは大体そんなもんだ」

「こら千世、出鱈目《でたらめ》を教えるな。葛が誤った知識を覚えてしまうじゃないか」

真っ白な布団の上に寝かせた男の診察をしていた櫨禅は、胡坐《あぐら》をかいて聴診器を当てた姿のまま、やんわりと釘《くぎ》を刺した。

「行き倒れには違いないが、そもそもどうして外界の者が里に入り込めたかの方が重要だぞ」

千世の眉がぴくりと上がった。

「どういうことだ、櫨禅」

「なにか悪いことでもあるんですか、櫨禅様」

二人同時に尋ねられた櫨禅は、聴診器を外すと胡坐のままくるりと後ろに向き直った。

「ここは――津和の里は誰もが簡単に辿りつける場所じゃない。同胞か、よほど信頼出来る者しか中に入ることは出来ない。人間の男が偶然入るなんて、ずっと昔に何度かあったきりだ」

千世は眉を寄せた。

「それじゃあ誰かが招き入れたということか？」

「それもあるが、俺はまた別の可能性を考えている」

櫨禅は腕を組んだまま頷いた。

「別の？」

「夜逃げか……いや字に当て嵌《は》めるなら世逃げだな」

「よにげ……？」

「夜逃げとは、何か事情があって自ら姿を眩《くら》ませる時に使われる言葉だ」

「家出とは違うのですか？」

「似て非なるもの、だな。里が受け入れたくなるくらいには、心が弱り切っていたのではないかと俺はみている」

「そうか。それなら後は楽だな」

頷きながらの千世の言葉に、葛はきょとんと首を傾げた。

「何が楽なんですか？」

「怪我をしたわけでもない。病でもない。それならいつまでも世話をする必要はないわけだ。今すぐにでも外に放り出しても構わないだろう」

「放り……出す？」

「握り飯くらいは持たせてやる。それで十分だろう」

とりあえず布団に寝かせはしたものの、深刻な症状ではないのだから目が覚める前に里の外に連れて行けばいいと言う千世に気づき、葛はハッと顔を上げた。

「千世様っ」

千世の膝に縋《すが》りついた葛は、そのままぎゅっと抱き着いた。

「ん？　どうした葛？」

答えず、葛は頭をぶんぶんと横に振った。せっかく助けた初めての外の人間なのに。伊吹のように外の世界の話を教えて貰いたいのに。

「千世、葛はこの男が目を覚ますまで自分が世話をするつもりでいるぞ」

「そうなのか？」

問われた葛は、今度は上下に何度も首を動かした。

「屋敷に帰る途中で何度も、自分が世話をすると主張していたぞ」

「櫨禅のところで預かればいいじゃないか。犬や猫や小鳥じゃないんだぞ？」

これまでにも、迷子の犬猫や巣から落ちた雛鳥を連れ帰っては世話をしていた葛なので、もっと手間がかかると千世は言うのだが、勿論葛にもわかってのことだ。

「ここがいいんだと。葛に言わせれば、よその家に飯をたかりに来る男の家じゃあ満足に休めないはずだと言いたいらしい」

肩を竦めながらの櫨禅の説明に、千世は「ああ」と頷いた。

「それはまあ、一理あるな。確かにお前のところじゃあ世話一つ出来ないだろう。その点、うちには早苗がいる。昼間の限定になるが不自由することはまずないだろうな」

そこで千世は、額を押し付け、バンバンと何度も膝を叩いて抗議する葛に気付くと苦笑した。

「そうだそうだ、お前もいたんだった。なあ、葛」

「……わたしもお世話出来るもの」

「現実的な話、いつ目を覚ますのかは俺もわからん。しばらくは動かさないで寝かせたままの方がいいだろう」

三人の目は自然に、眠る男へと向けられていた。

千世の屋敷に四つある客間のうち、丸い障子窓がある四畳半の部屋は、早苗と櫨禅と葛の手によって、急遽《きゅうきょ》男の病室に作り替えられていた。春先に打ち直したばかりの客用の布団は柔らかく、葛が選んだ一輪挿しの水仙は、ほんの少し部屋の中を明るく見せてくれる。

しばらく男を見つめ、どうするか悩んでいた様子の千世だったが、じっと見つめる葛の期待に満ちた目と櫨禅の「諦めろ」という視線に、ようやくのことで頷いた。

「――だそうだ。葛、いいか？」

途端に葛の顔がパァッと輝く。

「ありがとうございます！　千世様！」

「……まったく」

千世はひょいと摘みあげた葛を膝の上に乗せ、その頭を指でぐりぐりと撫でた。

「お前が拾って来たんだ。ちゃんと最後まで面倒を見るんだぞ？　俺は手伝わないからな。それが出来なきゃ、元のところに置いて来い」

頭の上に重みを受けながら、葛はにこにこと頷いた。

千世の言葉はいつも言われていることで、そして千世が手伝ってくれることもわかっているからだ。

「はい、千世様」

「……千世、一応断っておくが、これは紛れもなくヒトだからな？　動物と一緒にするなよ？」

櫨禅は肩を竦めて聴診器を鞄《かばん》の中に仕舞い込んだ。

性格は若干難がある千世だが、葛を育てたことからも面倒見がよいのはわかっている。

「まあ、大丈夫か」

何かあればすぐに手助け出来る距離に自分がいることだしと思いながら、櫨禅が見ている前で、千世の膝から飛び降りた葛は眠る男の間近に駆け寄って、食い入るように寝顔を見つめた。

「櫨禅様、いつ起きますか？」

「明日か明後日か、まあそのくらいだろう。それで起きなければ、里じゃ無理だ。人の病院へ連れて行った方がいい」

だが目覚めるまでそう長くは掛からないだろうと

言う櫨禅の言葉に、葛も大きく頷いた。

「早く目を開けないかな」

どんな目をしているのだろう。外の世界はこの人の目にはどんな風に映っていたのだろう。

早く声を聞きたいと願う葛だった。


名も知らない男を引き取ることになってから、葛は本当に甲斐甲斐しく世話をした。世話と言っても、小さな体の葛である。出来ることは限られており、実際には早苗や櫨禅に手伝って貰うことも多かった。それでも葛は一日の大半の時間を、この寝ている男のいる部屋で過ごしていた。

「まだですか、櫨禅様」

「まだだな。体の方は特に悪くはないが、心の方が休みたがっている感じだ」

「こころ？」

「胸の奥の方だ」

葛は自分の小さな手を胸に当てた。

「悲しいことや辛いことがあれば痛くなるだろう？　その痛みを、眠ることで忘れようとしているんだ」

「心が痛かったらどんなお薬がいいですか？」

もし薬で治るのなら千世に頼んでみようと意気込み尋ねるも、

「薬はなあ、ないんだ」

櫨禅の返事に葛は目を大きく見開いた。

「ない……んですか？　千世様はいろんなお薬を作れるけども、それでも治らないですか？　じゃあ、ずっと眠ったままですか？」

「そうとも限らないんだが、これぱっかりは俺にもわからん。何が薬になるのかは、こいつが目を覚ましてからじゃないとな」

「どういうことですか？」

たとえば、と櫨禅は自分の腹を指差した。

「腹が減ったらものを食う。その時、何を食べれば収まるかと訊かれたら、俺なら肉と答える。葛、お前なら何と答える？」

「椎茸《しいたけ》！」

にこにこと声を上げた葛は、津和の山で採れる大きくて新鮮な椎茸が大好物なのだ。

「だろう？　飢えを満たすために出来るなら好物を食べたい。ただ、俺には肉が良くても、お前にも同じというわけではない。千世に椎茸なんぞ出してみろ。絶対に食わないのは想像するまでもない。反対に、具合を悪くしてしまうかもしれないな」

大の椎茸嫌いの千世を知っている葛は、櫨禅のうまい喩《たと》えに、なるほどと頷いた。そういうことなのだ。

人には合う合わないがあり、今の男にもそれが言える。医者の櫨禅にもこればかりはわかるものではない。

「でも、早く治って欲しいです。おいしいものをたんと食べたら治るかな」

「そうだな。この里にいる間に、薬が見つかるといいな」

「見つかりますか？」

見上げる大きな瞳に、櫨禅は静かに頷いた。

「きっと見つかるさ。この里に来たのも、ここに来ればきっと治る、薬があるって本能が気づいたからだと俺は思っている」

「里に？　お薬は近くにありますか？」

「さあな。近くかもしれないし、遠くかもしれない。目に見えるものかもしれないし、形のないものなのかもしれない。どうした、葛？」

櫨禅は、ぎゅっと膝の上に置いた拳を握り締める葛を見て尋ねた。

「見つける！　わたしも一緒に探します！」

心が痛いのなら、痛みが和らぐようにすればいい。そのためには、まず環境をよくしなければならない。

葛は有言実行だった。

しっかりと廊下を磨き上げ、寝ている男が汗をかけばせっせと拭《ふ》き、水差しを口に宛がう。

早苗や千世の手を時々借りながら、葛は千世がやきもちを妬《や》くくらいずっと側にいて、男の様子を窺《うかが》い、世話をし続けた。

水や蜂蜜のお湯割りが入った水差しを宛がうと、男は無意識にそれを嚥下《えんか》し、そのことは何よりも生きている証拠のような気がした。実際、体が衰弱しないで済んだのは、津和の里の持つ特質と、葛の献身的な世話によるところが大きい。

「早く起きないかな？」

その時が来るのを今か今かと待ち望み、一日のほとんどの時間を男が寝ている部屋で過ごしていた葛だが、その日、薄らと開いた目が自分を眺めていたことは知らなかった。だから、

「——それは？」

「みかんの汁に蜂蜜を入れて滋養がつくようにしたものです。これを飲めばすぐによくなる。だから早う……え？」

男の口に注ぐため、果汁が入った水差しを抱えていた葛は、自然に返事をした後ではっと顔を上げた。

見れば、それまで幾度となく眺めて来た眠ったままの顔ではなく、開いた瞼《まぶた》、そして横を向いた顔というように男の目はしっかりと葛を見つめていた。

ちょうど真横にいた葛は至近距離での顔合わせに、

目を丸くし、一瞬の硬直の後、大きな声で叫んだ。

「起きた！」

驚いて二度見してしまうくらい、まさか起きるとは思わなかったのだ。

「……お前は？」

ずっと眠っていたせいで掠《かす》れた声は聞き慣れたどの声とも違い、新鮮な気持ちを味わう。

「か……葛と言います」

「かずら、か」

「はい。あ、ちょっと待っててください。今、千世様呼んで来ます」

膝と手を畳の上につき、覗き込むように注視していた葛は、慌てて立ち上がった。男が起きたことを知らせなければと、ようやく気付いたのである。

猫のタマキの背を借りて薬の調合をしていた千世の元へ向かい、男の目が開いたことを話した葛は、そのまま千世と一緒に和室へ戻った。

そして、部屋の中に入り掛け、慌てて自分が食事の世話をしている途中だったことを思い出す。頭には手拭いを被り、袖は襷《たすき》掛け。自分は毎日ずっと男の顔を見ていたが、男が葛を見るのはこれが初めてなのだ。

そう思うと、今までは覚えなかった羞恥《しゅうち》が先に立ち、慌てて手拭いと襷を外し、パタパタと身なりを整えた。

（いい着物の方がよかっただろうか）

世話に掃除にと葛の日常着は作業着のようなものだ。祭りや里の行事の時のように、おめかしすべきだったかと迷っていると、

「何をしている？」

先に中に入り掛けていた千世に首を傾げられてしまった。

「あの……ち、千世様、これでおかしくないでしょうか」

着物の裾《すそ》の部分を握り締めながら尋ねると、千世は再び首を傾げた。

「ん？　どこもおかしくないぞ。髪はいつも通り雛鳥だし、ほっぺたも赤い。健康そのものだぞ」

葛が知りたかったのはそういうことではない。

「お客様の前に出るのに変ではないでしょうか？　失礼があれば申し訳ないから」

「あ？」

もじもじする葛を見下ろす千世の目が丸くなり、すぐに吹き出した。

「なんだ。お前、照れているのか？　さっきも見られたんだろう？」

「だって……」

葛は障子の影に顔を寄せ、そっと部屋の中を覗き込んだ。客間の真ん中に敷かれた布団の上には、目を開けたまま横になって天井を見上げる男の横顔がある。

（ど、どうしよう。なんて言ったらいいのかな）

緊張と戸惑いで、顔を赤くする葛の背中をつんと突いたのは千世だった。

「起きるのを首を長くして待っていたくせに、何を恥ずかしがる必要がある」

もしかするとまた眠ってしまっているかもしれないという不安はあったが、瞼は出て行った時と同じく開いたままで、葛はほっと安心した。

屋敷の主の千世が病人に遠慮する必要はどこにもなく、大股で布団の横に座った千世は葛を膝の上に乗せると、自分を見上げる男にふっと口の端を上げた。

「葛の言う通り、起きているな。さて、客人。お前の疑問に答えようと思うのだが、その前に簡単に説明をしよう。俺はこの屋敷の主で千世という。家の裏で倒れていたところを葛が見つけ、ここに連れて来た。それから三日、お前は寝たままだった。念のため、里で医術の心得のあるものに診て貰ったが、特に怪我などはしていないということだった。体に変調はあるか？」

男はゆっくりと首を横に振った。

「もし不調があるようなら言え。出来る範囲でそれなりの対処はしてやる。力が出ないのは、三日の間、飯を食っていないからだ。水や滋養のつくものはこちらで勝手に見繕って飲ませて貰った」

千世の話を黙って聞いていた男は、礼の代わりに頷いた。まだ動かすのが億劫《おっくう》なのか、動作は緩慢だが、意識がはっきりしているのは幸いだった。

「もし腹が減って食えそうなら言え。どちらにしても後で粥《かゆ》か何かを持って来させる。それとも今にするか？」

「……いや、後でいい。今はまだ実感が湧かない」

「まあ、起きたばかりで見知らぬ他人がいればそう思うだろうな。それで、だ」

千世は葛の頭を撫でた。

「お前が知りたいのはこの子のことだろう？」

千世の問いに男は少しの間瞼を閉じ、小さく顎《あご》を引いた。

「夢かと思った」

「その割にはあまり驚いているようにも見えないけどな。普通はもう少し取り乱したりするものじゃないのか？　もっと喚《わめ》いたり叫んだりするかと思っていたが」

葛はきょとんと首を傾げた。どうして喚いたり叫んだりする必要があるのか、里から出たことのない葛にはわからないのだ。

人——人間が暮らす世界には葛のような小さな、手のひらに乗るくらいの本当に小さな人の姿をした生き物は、お伽噺《とぎばなし》の中にしか出て来ないことを知らないのである。

「夢なら夢でいいと思った。人形やロボットなのかとも思ったんだが——違うんだろう？」

ふむと千世は顎に手を当てた。

「現実逃避でもするかと思ったが、そうでもないようだな。一応、現実を認識はしていると見ていいのか？」

男は自分の手を見つめ、それから千世、葛へと視線を巡らせ首を傾げた。

「さあ。自分ではよくわからん。夢であればいいと思いもするし、夢じゃなければいいとも思う。どっちつかずだな。ただ、その子が生きているのはわかった」

「千世様……」

その視線の強さに思わず千世の着物を握れば、安心しろと言うように頭の上に指が乗せられる。

「ま、人にしてはまともな反応の部類だな。お前がどうしてこの里にやって来たのか、どうして入ることが出来たのか、俺にはわからん。ただまあ、里が受け入れたのなら悪い人間ではないんだろう」

「悪い人間、だったら？」

「言っただろう？　悪い人間なら最初からここに入ることは出来なかった」

不審に眉を顰《ひそ》める男に向かい、千世は困ったような苦笑を浮かべた。

「ここは——この里はそういう場所なんだ。人の住む世界とは違う。だが、葛のような子が生きて暮らしている平和な里だ」

言って千世は膝上の葛に視線を落とした。

「お前の面倒はこの葛が見る」

男が黙って頭を下げたのを見て、葛はずいっと体を乗り出した。

「あの、ここは津和の里と言います。わたしの名前は葛で、この人は千世様。わたしを育ててくれた人です。それから他に、家の中のことをしてくれる早苗ちゃんがいて、お隣には櫨禅様が住んでいます」

「早苗は通いの手伝いで、櫨禅は医者みたいなもんだ。どうせ後で来るから、顔合わせはその時だな」

「櫨禅様はすごく大きいんです。千世様よりもあなた様よりも、里で一番大きいんですよ」

こんなにと手を上の方まで上げた葛は、男の方を見て首を傾げた。

「あの！　お名前を教えて貰ってもよいでしょうか？」

男は切れ長の目をはっと開き、それからぼそりと言った。

「神森《かみもり》だ。神森新市《しんいち》が俺の名前だ」

「かみもり、しんいち様？」

「様はいらないぞ」

男は丁寧な葛の呼び方に初めて苦笑を浮かべたが、葛の方は口の中で何度も噛《か》み締めるように男の名を呟いていた。

「しんいち、しんいちさん……」

そんな葛を眺めていた男の口から小さく「ふう」という声が聞こえ、浮かれていた葛ははっと顔を上げた。

「疲れたですか？」

「少し」

「目が覚めたばかりだから仕方ない。またひと眠りするといい。次に起きた時には腹に何か入れられるようなものを用意しておく」

「そうして貰えると有難い」

　言いながら男が静かに瞼を閉じると、すぐに寝息が聞こえた。また起きなくなってしまうのではないだろうかと、心配げに寝顔を見つめる葛の頭を千世の指が軽く小突く。

「大丈夫だ、葛。ちゃんと自分で目を覚ましたんだ。次もまた目を覚ますさ」

「じゃあ、その時にすぐに食べられるよう何か作っておこう。病気だったら粥がいいですか？　それとも握り飯がいいですか？」

「粥だな。握り飯はもう少し体力がついてからの方がいい。さ、葛。もう少し寝かせてやろう。もうお前がついていなくても大丈夫だ」

　まだ客間に残って男の寝顔を眺めていたかったが、小さな物音でも睡眠を妨害してしまうかもしれないと言われてしまえば残るわけにもいかず、葛は千世に連れられて男の眠る部屋を後にした。

　障子が閉まる直前に見えた男の胸が上下していることに、もう一度安堵して。


　葛に拾われた行き倒れの男、神森新市は、起き上がることが出来るようになった後も千世の屋敷に住まうことになった。目の行き届く早苗という少女がいることと、葛が新市から離れたがらなかったことが理由として大きい上に、一度屋敷に入れてしまったのだからそのまま面倒を見ればいいと、里の中心人物でもある都杷に言われてしまったからだ。

　津和の淵の都杷という人物には、千世も櫨禅も頭が上がらない。誰よりも長く生きていることと、誰よりも博識で的確な判断が出来ること、それに自由気ままに暮らしている里の全員をまとめることが出来る唯一の人物だからだ。何よりも、圧倒的な力の前には、たとえ怪力を誇る櫨禅でも太刀打ち出来る術《すべ》もない。

本人は至って気楽に生きているつもりでも、

「外の男を葛が拾ったって？　それなら千世が面倒みるんだね」

と、長い白髪を梳《す》きながら里の皆の前で言われてしまえば渋面《しぶづら》を作りつつも頷くより仕方がない。小さな頃から散々世話になった都杷には、千世も頭が上がらないのだ。

そもそも、村には宿というものがないのだから、まだ里から出ないのであれば、どのみち誰かが寝泊りする場所を提供しなければならない。他人の家に新市が行ってしまえば、必然的に葛もそちらに通うようになるだろうし、それもまた千世にはあまり好ましくない。

何せ、生まれたての葛を祖母と一緒に育てて来た千世なのだ。父性というよりも母性の方が勝り、心配性だと里の仲間たちには揶揄《やゆ》されるくらい可愛がっている葛が、自分の目の届かないところで何かあってはと、そちらの方が心配になる。

都杷に言われることもなく、必然的に新市は千世の屋敷に留まることになっただろう。

屋敷の裏庭に面した縁側に腰掛け、膝の上に乗せたみかんを食べながら千世は面白くなさそうに言った。

「それなら我が家で俺の目の届く場所にいて貰った方がいい」

「お前、それは過保護過ぎるんじゃないか？」

「お前は葛のことが心配じゃないのか？　あの子は

なあ、新市が起きてからも、いや起きる前からずっと付きっきりなんだぞ」

「家の手伝いはしてるんだろう？」

「してる。だけどそれ以外はずっと新市のところだ。何が楽しいのか、にこにこにこにこにこしている。上機嫌なんだ」

「物珍しいだけだろ」

「伊吹が早く帰って来ていたら、外のやつに興味持つことはなかったかもしれないのに。あの野良犬、どこで道草食ってるんだか」

八つ当たりされる櫨禅や伊吹の方こそよい迷惑だ。櫨禅は千世に見えないよう横を向いて小さな溜息をつきながら、鼻をひくと動かした。みかんの甘い匂いはするが、千世と同じ香を纏う葛と、里にまだ馴染んでいない新市の匂いは近くにはない。

「で、葛と新市はどこに行ったんだ？　屋敷の中にはいないようだが」

「散歩」

縁側に座ったまま千世は肩を竦めた。

「歩けるようになったから少し散歩してくるだと」

「新市が誘ったのか？」

ぶすっとした千世の横顔は、養い子から誘ったと語っていた。

「まあ、葛なりに気を遣っているんだろう。そう気にするな」

宥《なだ》めるように友人の背中を軽く叩いた櫨禅は、千世が剝《む》いたばかりのみかんをひと房口の中に放り込んだ。

保護者の心配もなんのその、葛はまさに上機嫌で通い慣れた裏の小川に続く竹林の中を歩いていた。

歩いていたと言っても、小さな葛と大きな新市では体の大きさに差があり過ぎる。新市の一歩は、葛には数十歩歩かなければいけない距離なのだ。

最初は小走りに先導していた葛の後を、新市がゆっくりとついて歩いていたのだが、浮かれるあまりに小石に躓《つまず》いて転んでからは、新市の上着のポケットの中に上半身だけ出して収まっての移動に変わり、そこから葛は周りの説明をした。

日差しが差し込む竹林の中の小径を歩けばすぐに、花が群生している池の畔《ほとり》に着いた。一面に咲く赤紫色の甘露草を見た新市の口から小さく感嘆の声が漏れた。

「すごいな、こんな風に花が咲いているのを見るのは久しぶりだ」

「住んでたところには花は咲いてなかったですか？」

「野生の花は見掛けないな。見掛けるとしたら桜くらいか。あとは誰かの家で咲かせている花だ。これはなんていう花なんだ？」

「甘露草です」

「かんろ？」

「蜜と雫がとっても甘いからだって、千世様が教えてくれました」

葛は毎朝自分がこの花が零す最初の一滴を採りに来ていること、そこで倒れている新市を見つけたことを話した。

「最初はお山から来た狐かと思いました」

葛の目は自然に男の金色の髪に向けられていた。

「そんな髪の色の人はここにはいないから」

「だから狐か」

自分の髪を指先で摘まんだ新市はふっと口元を緩めた。

「これは染めているだけだ。ほら、根元は黒いだろう？」

よく見えるように頭を下げた新市の髪の根元は、確かに黒っぽかった。

「本当だ……」

叱《しか》られると思っていない葛は、手が届くところにある頭に手を伸ばし、付け根の部分を何度も触り撫でた。

「すごい染粉があるんですね」

「染粉……？　ああ、そんな感じだな。金だけじゃないぞ。赤や茶色や白や紫みたいな色にも出来る」

「紫！」

上品な薄い藤色だろうか、それとも杜若《かきつばた》色だろうかと想像を膨らませる葛の髪を、新市が触った。

「興味あるのか？」

コクンと頷いた葛は、山に続く小川の上流の方を指差した。

「津和の淵に住んでる都杷様の髪はお月様みたいな銀色でさらさらで、とってもきれいなんです。新市さんのは都杷様のと同じくらいきれい」

「お前のも綺麗な色だと思うけどな」

そうだろうかと葛は自分の髪に触りながら首を傾げた。鳥の雛の産毛のような癖毛と鳥の巣と同じ色の枯れた茶色は、みすぼらしく思えてならない。

「……いいの？」

「全部同じだったら面白くないだろ」

「新市さんは面白くないから染めたの？」

他意なく尋ねた葛だが、その黒い目に映った新市の表情は一瞬だけだが確かに翳《かげ》りが見えたような気がした。

「――そうかもしれないな」

視線は葛から池の方へ向けられている。澄んだ池の中では小魚が群れて泳いでいるのが見えるが、新市の目は魚を見ているようで見ていない、そんな気が葛にはしていた。

あまり賢くないと千世にからかわれる葛でも、今の話題があまりよくないものだということには気がつく。それで思った時にはもう他の質問を口にしていた。

「あの！　新市さんは何歳ですか？　百歳ですか？　それとも三百歳ですか？　もっともっと年上ですか？」

葛としてはもっと新市のことを知りたいと思ったのもあるし、無難な話題だと思ったのだが、今度ははっきりと新市は眉を寄せて怪訝《けげん》な表情になった。

「百？　そんな年に見えるのか？　俺はまだ二十七だぞ」

「二十七！」

今度は葛が驚く番だった。

「すごく若い……」

「そうか？　おじさん呼ばわりされることもあるから若いのとは違うと思うんだが。ああ、でも若僧呼ばわりはされるな。千世だったか、あの男と同じくらいだぞ」

「え！　千世様、百五十歳ですよ」

え、と目を丸くした二人は互いの顔をしっかりと見つめ合った。

「だってこの間、百五十のお祝いしたばかりだもの」

「それは……」

もう一度否定しようとした新市は、だが何の疑問も持たず、どうして新市が驚いているのかわからずにきょとんとしたままの葛を真っ直ぐに見つめ、やがて「そうだった」と呟きながら頭を振った。

「忘れていた。ここは——俺の知っている世界じゃないんだ」

小さく口の端を上げた新市は、まだ訳がわからないままの葛の頭を千世がそうするように撫でた。

「お前――葛は里から出たことはあるのか？」

うううんと葛は首を振るが、浮かんでいたのは満面の笑みだ。

「けども、他の里の人達が外に出たらお土産くれます。楽しい話をいっぱいしてくれます。そしたらとっても楽しくて、びっくりすることばっかりで」

葛の小さな手が胸の上に重ねられた。

「お話聞くだけでもここがどきどきするのに、里の外に行ったらどきどきが止まってしまうかも。だから満足です」

「行きたいと思ったことは？」

少し考え、やはり葛は首を横に振った。

「ほんのちょこっとだけは思ったけども、びっくりがこわいから」

「そうか」

「それに、わたしには里の中だけでも広くて広くて大変だから。外はもっと広いんでしょう？　迷子になってしまいます。そしたら千世様に叱られる」

葛の行動範囲はとても狭い。千世や爐禅、早苗に連れられて出掛ける以外は屋敷の中で日々の生活は完結してしまう。時々里に帰って来る伊吹は、背中に乗せて野山を駆けてくれることもあり、それは大きな楽しみなのだが、そう頻繁というわけではない。

「里の外には怖いものもいっぱいあるんでしょう？　わたしは痛いのも怖いのもきらいです」

至極真面目に主張する葛の台詞《せりふ》を聞いた新市は、微かに目を瞠《みは》ったものの、すぐに苦笑を浮かべた。

「確かに、怖いものも痛いものもたくさんある。辛いことも、泣きたくなることも多い」

「新市さんも泣いたんですか？　痛かったですか？」

葛の質問に新市は答えなかったが、横顔を見つめているだけで胸がズキンとして来て、新市の腹の部分にピタリと張り付いた。千世の屋敷に厄介になっている新市は、普段は櫨禅から借りた作務衣を着ているのだが、今日はたまたま洗濯が終わったばかりの自前の服を着ている。

「何をしてるんだ？」

「痛いのが治りますようにって。千世様や櫨禅様が教えてくれたんです。お薬で治らない時にはこうしたらいいよって。それにわたしといたら元気になるって言ってくれます。だから、いつでも言ってくださいね。新市さんがきつくなったらわたしがいつでもくっつきます」

「そうだな、それもいいかもしれないな」

「はい！」

無邪気に笑う葛は「早く新市さんが元気になりますように」と願いを込めてぎゅうぎゅうと抱き着いた。傍から見れば服にしがみついているようにしか見えないのだが、本人は必死なのだ。

しばらくくっついていた葛が「もういいかも」と言って離れると、新市は葛を抱えて立ち上がった。上着のポケットに収まる葛を見て、新市がポツリという。

「胸ポケットがあった方がいいな」

と。真意はわからないまでも、胸ということは裾よりも上にあるということで、そうなればもっと新市の声が良く届くかもと思えば、葛の顔にも自然に笑みが浮かぶのだった。

毎朝花畑で蜜を採取しているという説明を身振りを交えながらした葛は、そのまま元来た道を屋敷に戻るのではなく、里の中心に向かった。

一番近くにあるのは田んぼを二つ分挟んだ橋向こうの櫨禅の家だが、あいにく主《あるじ》は留守だった。時間帯的にも千世のところに来ている頃だと思っていたため、葛は気にせず先を促した。

「あの櫨禅というのは医者なのか？」

「はい。あ、でもお医者様だけどお医者様じゃないかも」

重い病に罹《かか》ることがほとんどない里の者は基本的に医者を必要としない。だから櫨禅が診るのは軽い怪我や腹痛や頭痛くらいなのだが、

「ずっと昔に人のお医者様に助けて貰ったことがあって、その時にいろいろ教えて貰ったんだそうです。今でも櫨禅様は時々村に下りて人のお医者様のお手伝いをしてるんです」

人の世界で医師になるには免許が必要だということを葛は知らない。ただ人を助ける手を持つ櫨禅は葛の中ではとても大きな存在だった。

「千世様はお薬を作ってて、時々櫨禅様はそれを持って行商に出掛けて、必要な人に渡すんだそうです」

「里の外に？」

「はい。よく効くって言われてて。わたしも嬉しい」

葛ははにかんだ。千世の作る薬の中には葛が毎朝採取する蜜も使われており、それは大切な材料の一つだ。薬を作るのは千世だが、自分の手伝いが役に立っていると言われているようでそれが葛には嬉しいのだ。

「薬を作るってことは薬剤師みたいなものか」

「千世様は薬師って自分のことを言ってます。わたしは助手なんだそうです」

助手という響きはいかにも手伝ってますと言っているようで、それもまた葛には嬉しいお役目だった。時々は小さな粒を削ったり潰したりする作業もする葛のために、早苗が小さな割烹着《かっぽうぎ》を作ってくれた。

「俺の世話をしている暇はないんじゃないのか？」

「千世様はあんまり忙しくないからたぶん大丈夫です。お許しも貰ったから」

　駄目な時には駄目だとはっきり言う千世だが、新市と散歩に行くと言った時も渋い顔をしつつも許してくれた。

「それに新市さんのお世話をするのは楽しいし、お話を聞くのも好き」

　新市は足を止め、葛を見下ろした。

「そんなこと初めて言われた」

「そうですか？」

「ああ。つまらないとはよく言われたが、その反対はなかったな」

「口下手って言うんでしょう？　千世様が教えてくれました」

「口下手というよりも、気の利《き》いた話をすることが出来ないんだろうな。空気を読めとはよく言われた」

「空気？　空気って読めるんですか？　字が書かれている空気もあるんですか？」

「いや、そうじゃなくて、雰囲気が悪くならないように上手に話をしろってことだ。楽しい話をしているところに悲しい話をするのは歓迎されないと言えば、わかるか？」

　葛は頷いた。空気を読むという言い回しは知らなかったが、気まずい雰囲気の時に口を挟まないだけの分別は持っていると思っている。

「そういうのが苦手というわけじゃないんだが、本当のことを言えなくて、人に合わせているうちに自分が見えなくなってしまった。だが周りは俺を必要としている。だから見栄えがするように、どんどん飾りを増やしていった。それでまた神森新市という男が隠されていってしまう。悪い方に悪い方に繰り返されているうちに、気付いたんだ」

「なにに？」

「飾られたカミモリシンイチが必要なのであって、飾りを取り払った神森新市は誰も必要としていないんだってな」

「おなじ新市さんではないのですか？」

「そう思っていた人間は誰一人いなかった。俺すらも気づかなかった」

　里の中には既に千世の屋敷の居候の話は広まっており、ポケットに収まる葛を見ては皆が手を振り、挨拶をし、中には外の人間が珍しいのか握手まで求める者もいた。最初は真意が摑《つか》めずに戸惑っていた新市だが、他意のない純粋な外の世界への好奇心の延長だと櫨禅に説明されてからは、求めに応じるようになっていた。

　散歩の途中で里の知り合いに貰った山菜の入った籠を早苗に渡した葛が客間に戻ると、新市は縁側に座って、生垣に止まって身繕いをする鶯色《うぐいす》の鳥を眺めていた。

「おみかんを置いてたら食べるんですよ」

「逃げないんだな」

「はい。動物はみんな知ってるから。里の人たちが絶対に自分たちに意地悪なことをしないって。仲間だもの」

「そうなんだ」

　そこで新市は葛を見下ろし、首を傾げた。

「どうしたんだ。その恰好は」

「今から墨を擦《す》るのです」

　今の葛は小さな作務衣を着て、髪には手拭を巻いていた。

「葛さんの擦る墨は滑らかでとっても評判がいいんですよ」

　ちょうど裏庭に洗濯物を取りに出て来た早苗は小

さな箱を持っていて、それを廊下に置いた後、引き出しから硯《すずり》と墨を取り出して葛に渡した。

「墨を擦ってどうするんだ？」

「手紙書く時に使ったり、都杷様が何か作る時に使うんですよ」

話している間に、葛は両腕で墨を抱え、硯の上でゴシゴシと擦り始めた。時々、勢い余って墨がぴちゃんと頬に跳ね返るし、作務衣は黒く染まるが、体力を使うこの仕事を葛は気に入っていた。

「葛、手伝おうか？」

「駄目、です。わたしが、ひとりで、する、のが、仕事だから」

ふんと力を入れているために返事は途切れ途切れだが、それで十分新市には伝わっていた。

それをじっと見ていた新市は、何かを思いついたように庭の早苗を振り返った。

「墨か。鉛筆はあるんですか、早苗さん」

「ありますよ。お持ちしましょうか？」

「お願いします」

墨を擦るのに一生懸命な葛は、すぐ真上で交わされていた会話が耳に入っていなかった。

だから——。

「うわあ、お上手ですねえ」

ひと仕事やり終えた満足感を抱きながら、墨で汚れた顔を上げた時にいきなり飛び込んで来た楽しそうな声に首を傾げた。

「新市さん？　早苗さん？　何を見てるんですか？」

二人は廊下に置かれた数枚の藁半紙《わらばんし》を見て、とても楽しそうだった。

（新市さん、笑ってる）

それはもう楽しそうに、幸せそうに笑っている新市の顔を自分は見たことがあっただろうか？　隣にいる早苗も目を輝かせていて、こんなに嬉しそうな姿は初めて見る――。

そう思えば胸がツキンと傷んだ。仲間外れにされているようで、二人だけの間に自分は入り込めないようで……。

「あ、葛さん」

葛がじっと見つめていることに気づいたのは早苗で、少女は一枚の藁半紙の端を両手で摘まみ上げると葛に見えるよう掲げた。

「ほら、見てください！　これ、私なんですって」

ちらりとだけ視線を上げた葛は、だがすぐに目を大きく見開いた。

「早苗ちゃんだ……」

そこには、物干し棹《ざお》から洗濯物を取り込む早苗の姿があった。楽しそうな早苗の表情が柔らかな濃淡で描かれていた。

「私だけじゃないんですよ、ほら葛さんのも」

「わたし？」

ほら！　と早苗が見せた絵を見た葛は顔から火が出るのではないかと思ってしまった。

「わたしがいる……」

そこには硯に向かって一生懸命に墨を擦る自分の姿が描かれていたのだ。ご丁寧に顔に飛んだ汚れまで描かれている。唇はぎゅっと引き結び、真剣そのものの表情なのだが、実際に自分で目にしたことがないため、こうして見るのは初めてだ。

「は、恥ずかしい……。わたし、すごく変な顔してる」

「ええ？　そんなことないですよ。真剣でかっこいいじゃないですか」

「だって、ほっぺた膨らんでるし、口もぎゅってしてる」

「そこがいいんですよ。可愛いし。千世様にも見せてあげなきゃ！　新市さん、これ貰っていきますね！」

そう言うと早苗は、新市の返事も待たずに絵を持ったまま縁側を駆け上がり、調剤室にいるはずの千世の元へ走った。履いていた草履は脱ぎ散らかされているが、それだけ早苗は喜んでいたのだろう。

「……早苗ちゃん」

勝手に持っていってしまってごめんなさいと新市を見上げると、男の方は気にした素振りも見せずに肩を竦めて見せた。ただその表情は、これまでよりも楽になっているような気がした。

「新市さんは、絵がお上手なんですね」

「上手いと思ったか？」

「はい。早苗ちゃんが早苗ちゃんらしくて、びっくりしました。わたしのは違うけども」

どうしてもそこに拘《こだわ》ろうとする葛の汚れのついた頬を、濡れた手拭いで新市が拭った。

「俺は葛の絵の方が良く出来たと思った」

むんと眉を寄せた葛の反対の頬をまた新市が拭く。

「――くすぐったいです」

「じっとしてなきゃ落ちないだろ。いっそのこと、一緒に風呂に入るか？」

途端にボンッと湯気の上がる葛の顔を見て、新市は声をあげて笑った。

「その顔、いいな。よし、描こう」

「だめっ！　だめです！」

鉛筆を握る新市の手にしがみつく葛と、振り落とさないように線画を描く新市のところにやって来た千世は、葛を摘まみ上げて廊下に下ろすと、新市へ言った。

「家賃は葛の絵でいい」

葛の抗議は誰にも受け入れられることはなかった。

一旦馴染んでしまえば特に拘りはないのか、新市は里での暮らしを淡々と受け入れていた。里の中に出掛けて誰其れとお喋《しゃべ》りをするというほど積極的に動くわけではないのだが、寝ている時の方が多かった頃に比べると表情にも明るさが見え、口数もそれなりに多くなって来たように葛には感じられた。

何より、嬉しかったのは朝の蜜集めに新市が付き合ってくれることだ。ずっと一人でしていた仕事なので、早朝からの手伝いは遠慮したのだが、夜更《よふ》かしせずに早く寝てしまう里では、どうしても朝早くに目が覚めてしまうのだと新市は言う。

新市と一緒に早朝の澄んだ空気の中を散歩がてら池の畔にまで向かい、花が咲くまでは並んで木の根元に座ってゆっくりと過ごす。蜜集めだけは葛しか出来ないことなので、その間の新市はスケッチブックに絵を描いていることが多かった。

このスケッチブック、藁半紙に描いていたのを知った櫨禅が、里の外に出掛けた時に入手したもので、新市以上に葛の方が大喜びしてしまった。それこそ、畳の上で飛び跳ねて、千世に煩《うるさ》いと小言を言われるくらいに。

ただ、気になったのは新市の表情だ。スケッチブックを受け取った時の表情は、どちらかというとはっと驚いた感じの方が大きかったように葛には見受けられた。浮かんだのは戸惑いと悲しさと少しの怒り、それから喜び。

ただ、その後はごく普通の態度で、スケッチブックを開いて絵を描く時間も増えたことで、葛は少し安心していた。

同じように気づいていた千世などは、藁半紙に落書きのように描くのはよくて、どうして綴《と》じられたスケッチブックに描くのを躊躇《ためら》ったのかと不思議そうにしていたが、

「本格的に描くのが嫌だったんじゃないのか」

という櫨禅の説明に、首を傾げながらも納得したようだ。

千世は理解出来たようだが、葛にはよくわからない。それで説明してくれた櫨禅の言葉によると、

「葛が黄粉餅《きなこもち》を丸めて作って千世や俺に食べさせるのはいいが、お客に出すような立派で手の込んだ団子を作りたいかと言えばそうじゃないだろう？　新市も遊び半分なのはいいが、こっちの紙に描くのはもっと本気で描かなくてはいけないものだと、体の方が反応してしまったんじゃないかと思うぞ」

ということらしい。

難しいことは葛にはよくわからない。だが、並んで座っている時に、鉛筆を走らせている新市を見ているのは好きだった。何が好きなのかという具体的な理由はわからない。ただ、描いた絵がいっぱいになり次のスケッチブックに移り、それが何冊も溜まっていくたびに、少しずつ新市が元気になっているような気がした。

縁側に並んで座り、みかんの皮を剝いて皿に並べていた葛は、庭の景色を模写している新市の横顔に尋ねた。

「絵、すきですか？」

「描くのが？　それとも見るのが？」

「んと、描くの」

「――好きなように見えるか？」

「はい。あの、口のところが」

言いながら葛は自分の口の端を指でくいと引き上

げた。

「こんな風になってるから、楽しいのかなって思いました」

　それから、これはどうしようかと迷った後、付け加える。

「前は、櫨禅様に紙を貰ったすぐ後は、口が下に下がってました」

　それが少しずつ上がり、今では笑った顔になっていると葛は告げた。

「新市さんは気がついてなかったかもだけど、顔が笑ってます。絵の中で楽しい楽しいって言ってます」

　うまい言葉が浮かばないから、同じ言葉を繰り返すしか出来ないのをもどかしく思いながら、葛はぱっちりとした目で新市を見上げた。

「わたしは、新市さんの絵が好き。絵を描く新市さんを見てるのが好き」

　新市の瞳がはっと見開かれ、それからふっと和らいだ。

「そうか。葛は絵を描いている俺が好きなのか」

「はい」

「それならいつも絵を描いていなきゃいけないな」

「どうしてですか？」

「絵を描いている俺が好きなんだろう？」

「はい……あっ」

　葛ははっとして自分の口を押えた。

「違います。あの、絵を描いている新市さんはいっぱい好きだけど、他の事してる新市さんも好きだから。寝てるのも、食べてるのも、歩いてるのもみんな好き――わぁっ」

　葛は小さく悲鳴を上げた。新市の顔の真正面に摘まみ上げられてしまったからだ。慌ててみかんのひと房を落ちないように抱え直す。

「あの、新市さん？」

目の前の新市の黒い瞳にじっと見つめられ、葛はもじもじと体を揺らした。あまり揺らすと落ちてしまいそうで、なんだか居た堪れない。瞳に映る自分の赤くなった顔が見えるのだから、余計に恥ずかしいのだ。

「葛」

「はい？」

「お前、可愛いな。それに――」

「！」

自分は何度この人の前で赤くなればいいいんだろうかと思いながら、どきどきと胸が高く鳴るのを感じながら葛は言った。

「これ！　どうぞ！」

新市が可愛いなんて言うから悪いのだ。嬉しいけど悪いのだと思いながら、葛は咄嗟《とっさ》に抱えていたみかんを新市の口に押し付けた。何かを言い掛けた新市は、みかんが押し込まれたことで口を閉じざるを得ず、それに葛はほっとした。


「おい、ちょっと馴れ馴れしすぎるだろ」

そんな二人の様子を四つん這いになって廊下側の障子の陰から窺っていた千世の苦い表情に、櫨禅は「また始まった」とその背中に溜息を落とした。

「俺の目にはどっちかっていうと葛の方が甘えているように見えるぞ」

「葛は甘えん坊なんだ」

断言する千世に、再度櫨禅は溜息を付き、友人の首根っこをつかんで歩き出した。

「おい、櫨禅！　何をする！」

「いいから。お、さすがだな。いい滑りだ」

千世の体は意外に抵抗なく廊下の上を引き摺《ず》られる。いつもなら肩に担いで行くのに引き摺るに留めたのは、騒いでぽかぽか背中を殴られるのが面倒だったからだ。

ようやく離れた和室に辿り着いた櫨禅は、そこにぽいと千世を投げ入れた。

「もっと丁寧に扱え」

ぽいぽいとよく葛を放り投げている千世に言われたくないなと思いながら櫨禅は、幼馴染の横にどっかりと腰を下ろした。

実は千世に相談があると言われていたのだ。

「それで新市のことか？　それとも葛のことか？」

「葛のことに決まっている。いや、この場合、新市の方だと言うべきか」

悩むように腕を組んだ千世は、最終的に「新市だ」と告げた。

「もう随分長く里にいるだろう？」

「ああ。葛が拾ってからひと月は過ぎたな」

たびたび屋敷を訪れる櫨禅の目にも、新市がすっかり里の暮らしに慣れて来たように見えていた。

「新市は、いつまで里にいると思う？　いや、言い方を変えよう。里を出る気があると思うか？」

「それはつまり、人の暮らしに戻る気があるのかということか？」

「そうだ。お前の診立てではどうなんだ？　体の方は最初から問題はないんだろう？」

「それはないな。もしも重大な病にでも罹っていればいくらこの里にいたとしても、徐々に生気は失われていくはずだ。今は逆に生気に満ちている」

「俺もそう思う。拾った時に空だった生気が、今は溢《あふ》れるくらいにまで戻って来た。だからだ、櫨禅」

「早くに外に返すべきだと？　千世、お前……」

櫨禅に不審な目で見られ、千世は慌てて頭を横に振った。

「違うぞ。別に葛が懐いているのが気に食わないんじゃない。そりゃあ確かに、最近は葛が新市にべったりで面白くないのはあるが、それが理由じゃない」

「どうだかな。葛はすることはちゃんとして空いた時間に新市といるんだろう？　お前が文句を言うことじゃないいな」

「それはわかってる。ただ」

千世はぎゅっと膝の上の手を握り締めた。

「今はまだいい。新市はここの暮らしを気に入って、葛もそれを喜んでいる。だが、この先も同じとは限らないだろう？　里でひと月暮らした。だがその後のふた月、み月を同じような気持ちで暮らせるとは限らない」

千世は困ったように眉を下げた。

「俺は怖いんだ。葛が友人を作るのはいい。たとえそれで俺といる時間がちょっと減ったからって、腹を立てているわけではない」

十分腹を立てていると思ったが、櫨禅は大人しく口を噤《つぐ》んで続きを待った。珍しくもしおらしく話をしている千世の話の腰を折れば、どんな風に癇癪《かんしゃく》を起こすかわからないのを学習しているからだ。

「――ここは人が住めるところじゃない」

「そうか？」

「電気もない。ガスもない。風呂も飯も火を焚《た》いて過ごす。夜になれば明かりも消える。賑《にぎ》やかな娯楽をする場所もない。これに新市が馴染めるとは思えない」

「俺の目には十分馴染んでいるように見えるぞ」

逆にそのことに驚いていたくらいなのだ。後から新市に話を聞けば、出身地は山村の町で、町と言っても田畑の広がるところだったため、極端に生活が変わったわけではないと言われた。

「だが、都会に住んでいたと」

「そうだな。それで都会から逃れてここに来た」

　何があったのか、新市が都会に何を思い、病んでいたのかは櫨禅にはわからない。葛に対しても、新市はそれを告げてはいないようだった。

「今は都会のことを話さないが、もしかしたら話をすることがあるかもしれない。俺にだって想像つかないさ、新市がどんなところで暮らしていたのかわからないんだからな。興味もない。でもな……」

「葛か」

　千世は頷いた。

「——きっと葛は興味を持つ。新しいものや珍しいものにはすぐに飛びつくんだ。素直だから、きっと新市の話を聞きたがるだろう」

　それに関しては櫨禅にも同意するところはあった。以前にも、毒を持つ蜘蛛《くも》を取ろうとして手を真っ赤に腫《は》らしてしまったことがあったのだ。櫨禅たちには無害でも、小さな葛にはほんの少し毛先が触れただけでも危険な場合が多い。それ一回に限らず、子猫の後を付いて回って親猫にもう少しで齧《かじ》られそうになったこともある。津和の淵でまだ若い鯉に餌《えさ》をやろうとして自分が食われかかったこともあるのだ。

　積極的で活動的な性格ではないが、好奇心は強い。それが葛という少年なのだ。

　さすがに大きくなってからは、千世や櫨禅に散々叱られたこともあり、分別がつくようにはなって来ているが、根本的なところは何も変わっていない。

「興味を持つだけならいい。だが、もしも外の世界に興味を持ってしまえばどうしたらいい？　行きたいと言い出したら」

　行きたいと言い出すだろうかと櫨禅は首を傾げた。外の世界――人間たちが暮らす世界の話は仲間たちからも聞かされており、初めてのことではない。新市の話に興味は引かれるかもしれないが、仲間たちからのこれまでの忠告、いいことや悪いことの話を覚えていれば、行きたいとは言い出さないと思うのだ。

「もしも行きたいと言ったら？」

「その時は説得するしかないな。興味本位で行きたいと言い出すほど、葛も馬鹿じゃない」

「だが、新市が連れて行くかもしれないじゃないか。葛はポケットに入れてしまえばすぐに連れ出せる」

「……千世」

　櫨禅の拳骨が千世の頭に落とされた。

「痛いッ」

「もっと葛を信用しろ。それでもしも行きたいと言い出したなら説得すればいい。それでも行きたいというのなら一度出してみるのもいいかもしれないと、俺は思っているぞ」

「櫨禅！　お前は何てことを！」

「冷静に考えろ。一人で行かさなければいいんだろう？　俺でもお前でもいい。伊吹だっているし、人の街に住む仲間もいる。目が行き届いていれば心配はない」

「だが……」

「お前は考え過ぎだ。もしも新市が戻るとすれば、それは――」

　傷つき病んでいた心が癒え、自分の歩く道、自分の生き方を思い出した時ではないかと思っている。そして、千世や葛には悪いが、それも間もなくのような気がした。

「とにかく、お前は見守っていろ。幼馴染として忠告しておくが、余計なことはしない方が自分のためだぞ」

むすっとしながらも千世は頷いたが、櫨禅はそれで済むとは思っていなかった。本人は多少短気で癇癪を起こすこともあるが、普段はそこまで執着しない。新市に対しても、屋敷に滞在させると決めた後は不満を漏らしたことはない。葛の絵が家賃代わりになっているのは本当だろうが、櫨禅は思うのだ。千世は本能で、葛が喜ぶように配慮しているのだろうと。

問題は、千世の不安が上回った場合だ。

「こればかりはなあ」

茶を貰ってくると立った千世が部屋を出て、櫨禅は頭を掻《か》いた。

「くれぐれも拗《こじ》らせてくれるなよ」


新市は里での暮らしの中で、自分が息を吹き返すのを感じていた。最初に目が覚めた時には人形のような手乗りサイズの小さな人間が生きて動いていることに驚いたものだが、一度は生を捨ててもいいと考えてしまった自分には、何もかもがどうでもいいと投げやりになっていたのだ。夢なら夢でいい。いっそ覚めなければいいと望んだのは、現実の世界に嫌気が差していたからだ。現実の世界、それには新市自身も含まれる。そのためまず最初に見てしまった葛という子供は、実にいい現実逃避の材料だったのだ。

葛以外の里の住人たちも、普通に見えてどこか違う。まるで知識を持たない葛とは違い、ほとんどの大人の住人たちはほのぼのと暮らしている。

仕事をしている時もあれば、働いていないこともあり、それもまた不思議だった。自給自足の生活に、見知った文明の利器はどこにもない。夜、日が落ちてしまえば囲炉裏端を囲んで話をする以外には寝るしかない。

櫨禅の話では相当長いこと眠っていた新市には、これ以上眠る必要はないかと思っていたのだが、夜になり家人が部屋に引っ込むと自然に瞼は落ちた。自分に纏《まと》わりつく葛は千世と一緒の部屋で寝起きをしているらしく、千世に抱えられて行くのが常で、名残《なごり》惜しそうな顔に翌朝も早く起きて会いたいと思ったものだ。

新市にとって葛という少年は、ある意味では不思議だが、一方では非常に普通の子供だった。体が小さいことと、あまり世間一般的な常識を知らないことを除けば、喜怒哀楽も行動も、何ら人と変わらないことに気づく。

新市が不機嫌そうにしていれば様子を窺うように表情を曇らせ、少し笑っただけで大袈裟《おおげさ》なくらい喜ぶ。小さな体で一生懸命、自分の世話をしようとする葛を見ていると、ささくれていた心が自然に優しくなっていくのがわかった。

「葛さんは癒しなんです。疲れたなって時でも、葛さんの大丈夫？　って声を聞けば元気になろうと思うし、くよくよしても仕方がないって思うことも多いんですよ」

新市にそう語ってくれたのは、屋敷の手伝いに来る早苗という少女だった。

「葛さん、いろいろなことをしてくれるから見ていても楽しくって」

里の人々も同じように葛という少年をとても愛でているのだと言う。特別な美少年というわけでもない。あえて言うなら愛嬌があると言えばいいのか。千世などは人見知りだと言っていたが、どっちかというととっつきにくいと言われていた自分に懐いているのを見る限り、人見知りには思えなかった。

そう言えば、里の皆は全員が葛を知っていて、葛も全員を知っているからだという答えが返って来て、そんなものかと思ったものだ。

津和の里という小さな特別な空間は、葛にとっては安住できる場所であり、それが世界のすべてなのだ。

絵を描こうと思ったのは自然な流れだった。墨を擦る葛を見て、カメラがあればいいと思い、ないのなら自分で描いて残せばいいと気付いたのはすぐ。思った以上に好評だったためたくさん描くことになってしまったが、気晴らしにはちょうどよかった。スケッチブックの束を渡された時には驚いたが、どうだろうかと様子を窺う葛を見れば、櫨禅に買って来てくれるよう頼んだのが誰だかすぐにわかり、苦笑が零れてしまった。

まさかもう二度と描くまいと思っていた絵を描き、それを人に見せるなど、里に来る前の自分には思いもつかなかった。だが一方で、思う存分に好きなものを描けることへの欲求と高揚感は確かにあり、それが今でも絵を描き続けている理由だ。

葛と一緒にいろいろなところへ出掛け、いろいろなものを描いた。人だったり動物だったり、植物だったり、描いたものは様々で、その時その場で描きたいと思ったものを思いつくまま描いた。

そのためスケッチブックはすぐいっぱいになり、次々と消費されていくのだが、その都度補充されるため、何も気にすることなく描くことに没頭出来た。

ここには雑音がない。煩《うるさ》い声もしなければ、媚《こび》を売ろうとする者もいない。描き散らした絵は、葛の手で順番に整理されている。

　葛と一緒にいても知らない間に鉛筆を走らせている時もあり、少年には非常に申し訳なく思うのだが、「新市さんが絵を描いているのを見るのが好き」と嘘《うそ》偽りなく言われてしまえば、もう描き続けるしかない。

　没頭する新市の横で待つ間、葛は果物を剥いたり、自分の仕事をしたりして過ごしている。時々、千世に連れ去られてしまい、ぷんぷん頬を膨らませて戻って来ることもある。たまに描いた絵を葛に渡すと、その時には顔料を使って色を塗っていた。

　新市から見れば拙く下手くそな色や塗り方だが、どうしてか葛が色を付けただけで、同じ緑でも瑞々《みずみず》しさを感じ、赤い夕陽から温かさを感じることが出来た。

　葛を溺愛《できあい》しているのが丸わかりの千世ではないぞと自分に言い聞かせるが、こういうものは理性で考えるのではなく感性で受け止めるのだから、絵描きとしての直感が葛の色を好ましいと認めたのだと思っている。決して贔屓目《ひいきめ》ではないと自分の中の何かに誓いたいのだが、最近ではそれも疑問に思えて来ているのだから重症だ。

　千世のことを呆れられないと思ってしまう自分がいる。

　優しい色は葛の色。絵に乗せられた色は、人工的な素材は含まれておらず、花の汁や樹皮や葉などの天然の材料から作られる。その分、本物そっくり同じとは言えないが、だからこそ描かれたものが生きているように見えるのだ。

　苦手としていた人物画――葛や千世、早苗を躊躇《ためら》いなく描くことが出来るのは、彼らから新市に投げ掛けられる言葉に純粋な賛辞しか含まれていないからだ。

新市に対してなぜかあまり好意的ではない千世でさえ、褒《ほ》めてくれる。

久しく味わうことのなかったそれら多くの賛辞は、自信を取り戻させてくれた。同時に、もっと絵を描きたいと思った。自分を持ち上げ、勝手に失望していった人たちへ見せてやりたいと。

この里でならもっといろいろな絵を描くことが出来る。

そんなことを思っていた時である。千世から現世に戻るように言われたのは。

現世という言い方を千世はしたが、死後の世界というわけではない。薄々感じてはいたことだが、この津和の里は人が住む世界とは境界を異にする異世界のようなものなのだろう。神々が住まう里と千世は言った。信じるも信じないも自由だと。

それよりも、千世に言われたことの方が新市には驚きだった。

「里を出ろと？」

今、葛は屋敷にいない。早苗と一緒に、津和の淵の都杷のところまで千世がお遣いに出したのだ。わざわざ席を外させるくらいだから、聞かれたくない話だろうとは思っていたが、まさかの直球だ。

「出ろというのは言い方が悪いか。自分のいるべき場所へ戻ってはどうだ？　お前を必要とし、お前を待っている人たちのいる華やかな世界へ」

多少言い方を変えたくらいで里から出ることには変わりない。それは、久しく感じることのなかったさざ波を心の中に立たせた。同時に思い出したのは、ちやほやから一転、嘲笑《ちょうしょう》と侮蔑《ぶべつ》を込めて見られていたことだ。

高校生で十七歳の時、最年少で絵画コンクールのとある最優秀賞を獲ったことで画壇への道が開かれ、意気揚々とその道を歩いていた新市だったが、光り輝く場所にいることが出来たのはほんの数年でしかなかった。持て囃《はや》され、次々に作品を送り出した新市に対する評価は次第に下降し、やがて「君にはがっかりした」という言葉を受けるまでになってしまった。期待されて描いた絵は、どれも似たようなものだと酷評され、新鮮味がないとまで言われた。

ほんの少しの成功と引き換えに、大きな失望を得たのである。

どうすべきか迷い途方にくれる新市だったが、上京させた高名な画家や画商、後援者も会うことを拒み、唯一救いの手を差し伸べてくれた恩師のところへは、引き留めるのを振り切って上京した経緯があるために会いに行くことが出来なかった。

それなのに、そんな世界にまた戻れというのだろうか。ここはこんなにも居心地がいいのに。

「——俺は」

「十七歳、高校生で画壇に大きな話題を齎した天才画家神森新市。個展初日に失踪《しっそう》し、今もって行方《ゆくえ》知れず。ほら」

千世が投げて寄越したのは、雑誌だった。まさかこの里で雑誌を見ることになるとは思わず、思わず目が点になってしまったが、確かにその雑誌には新市の名前があった。

どうしてこんなものがあるのだろうかと困惑する新市を前に、千世は雑誌を取り上げ、読み上げた。

新市の経歴や出身地、活動拠点、獲得した賞など、自分自身が一番よく知っている内容だ。それから、行方不明になった新市の安否を気遣う関係諸氏の声——。

「連絡が欲しい？　早く戻って来いだと？」

本人を目の前にしてこき下ろした張本人たちがどの面《つら》下げて――と、新市の中に怒りが湧き起こる。最初に耳にした時にはショックの方が大きく、逃げ出すことしか出来なかったが、今になってもまだ厚《こう》顔無恥《がんむち》な連中には怒りの方が強い。

彼らが真に望んでいるのは新市が戻って来て絵を描くことではなく、新市が所有権を有する他の数点の絵が欲しいからだ。酷評される前に取った賞付きの絵なら欲しいというのだから、強欲なものである。

「そうか？　最後の一人はこう言ってるぞ」

――神森は今は休養が必要な時なのでしょう。彼はあまりにも短い期間に急いで描きすぎた。いずれ彼は帰ってきます。その時を待ちましょう。

恩師――高校の時の美術部の顧問をしていた教師で、本人も何度も入賞作品を持つ画家である。退職後は小さな絵画教室を開いていると聞いているが、まだ会いに行ってはいない。

新市と千世の目があった。

「――俺にどうしろと？」

「戻って来るのを本当に待っている人もいるということだ。不思議そうだから教えてやるが、我々の生活は里の中で完結しているわけじゃない。里の外、人間の世界にも何人も仲間がいる。お前が思っている以上にこちらと人の世界との繋がりは深い」

表裏一体などという難しい言葉を千世は使わず、ただ境界線があるのだと言った。あちらとこちら、人間と人ならざる者たちが住む世界は、小さな境を越えることで簡単に行き来出来るのだと。

「それなら別にここにいてもいいんじゃないのか？」

千世はフッと薄く笑った。

「世の理《ことわり》はそんなに優しくはないぞ」

この話はここまでだと打ち切りを宣言した千世は、立ち上がり、「そうそう」と手を打った。

「都杷様のところまで葛を迎えに行ってくれないか？」

「早苗さんが一緒じゃないのか？」

「さっき戻って来た。川魚を押し付けられてすぐに帰るよう言われたんだと。都杷様は葛で遊んでいるらしい」

千世は都杷を尊敬しているが同時に苦手にもしているらしい。その理由は、津和の淵に着いた時に都杷本人に教えて貰った。

「ああ、あの子は私が育てたようなものだからね。あの子の祖母もいたけれど、子育ては私の方が上手だったから。今は反抗期だよ、反抗期」

高く結い上げた銀髪に鳥の羽根を飾りに差している都杷は、長い髪を揺らして笑った。津和の淵は里の中心からは大分離れて山の奥にある。そんなところに一人で住んで不便はないのだろうかと思ったが、

「都杷様は水蛇の神様なんです。だからお水があるところじゃないとダメだし、それにお水の管理をしているんです」

茶に小花模様の可愛らしい着物に、唇にほんのり紅を差した葛が、都杷の髪に飾りを差しながら教えてくれた。出て行く時にはいつもの膝丈の着物だったが、どうやら「遊ばれている」というのは、着せ替えをさせられることのようだ。

「蛇？」

「まあ、厳密には違うけれど似たようなものだね。気におしでないよ」

からからと笑うさっぱりした気性の都杷は、男か女か判別に困る容貌をしていた。着ているのは遊女などが着ているような婀娜《あだ》っぽい派手な着物なのだ

が、つい向いてしまう胸元にそれらしい膨らみはないように見える。その都杷、恰好は派手だが手に持っているのが分厚い書物で、そのアンバランスさが妙な魅力になっている。おまけに、台の上にはファッション雑誌だ。さっき千世が絵画関係の雑誌を見せた時にも驚いたが、確かにこの里は、新市が思っていたよりも閉鎖的ではないのかもしれない。少なくとも、里の者たちは自由に外の世界と行き来しているわけだ。

葛が苦心したおかげで、都杷の髪には色鮮やかな鳥の羽がたくさん飾られた。

「ありがとう、葛。もう十分だよ」

紅漆の手鏡で見て満足そうに微笑んだ都杷は、葛を持ち上げて手のひらに乗せた。

「あの、都杷様、このお化粧、落とすにはどうしたら？」

「ごしごし拭えば取れるから安心おし。たまには着飾った姿を千世にも見せてあげなくちゃあいけないよ」

笑いながら都杷は、新市の手のひらに二枚貝を乗せた。

「この中に化粧を落とす粉が入っているから、千世が満足したらこれで落としておやり。葛はいい子だから、新市が落としてくれるのをじっと待っているんだよ」

「はい」

素直な葛は都杷の説明に何の違和感もなく頷いた。自分で粉を取り自分で顔に塗って落とすという方法は考えもしないらしい。

いそいそと着て来た着物を葛専用の風呂敷に畳んでしまっているのを横目で見ながら、都杷は真珠色の輝く爪のついた指をくいと新市に向けて曲げて見せた。

なんだろうと少し顔を寄せた新市の前で、都杷の縦長の瞳孔のある銀色の瞳が瞬いた。

「人の子よ。惑わされるでないぞ。迷い、裏切り、偽りは、お前から大切なものを奪ってしまうことを忘れるな」

葛と話していた時のような甘く優しい響きは失《う》せ、ただ真摯《しんし》に厳《おごそ》かな声に自然に新市の背筋は伸ばされた。悪寒《おかん》が走ったと言い換えてもいい。

神の宣託――。

一瞬そんな言葉が脳裏《のうり》を過《よぎ》り、ここは神の住む里なのだと再度思い返す。そうならば、千世も櫨禅も、葛の言葉でさえ何らかの意味を持つのかもしれない。そう思われるくらい都杷の言葉は耳の中に残っていた。


山を下りて里の中を歩く帰り道、新市は葛に尋ねられた。

「千世様とどんな話をしたんですか？　大事な話があるから、葛は都杷様のところに行ってって言われたんです」

肩の上に葛が座り、夕焼けが二人の影を長く伸ばす。いつもの里の風景だ。

「知りたいのか？」

「はい」

そうかと呟いた新市は、村外れの小川の上に掛かる小さな橋の中ほどで立ち止まり、葛を手摺《てすり》に座らせて、自分は欄干《らんかん》に腕を乗せて寄り掛かった。下る川の向こうには沈む太陽が見える。

こちらの世界でもあちらの世界でも見えるものは同じなのだなと、そんな小さなことに感動を覚えたのは少し感傷的になっていたからかもしれない。

「ここはいいところだっていう話」

「そうです！　いいところです！」

葛は夕日に向かって手を伸ばした。小さな手がオレンジ色に染まり、生を伝える。

「春は山菜がおいしいです。夏はそうめんとスイカを食べるんです。秋には栗がいっぱいで、もう少ししたら栗拾いに」

一緒に行こうと言われ、頷きかけた新市ははっとした。

新市が逃げ出した個展初日は冬だった。里での生活が楽しくて充実して忘れていたが、月日はそんなにも早く過ぎてしまっていたのだ。

新市が行方不明になって随分経ったような記事の書かれ方だったのも頷ける。千世に言われるまで思い出しもしなかったが、確かに捨ててきた元の世界のことも気になる。

そう思えるまでに、心の傷は癒されたということなのだろう。

新市は葛を両腕で囲うようにそっと包み込んだ。

「葛、俺は街に」

「だめっ！　いやです！」

途端に葛が叫んだ。

「いや、あのな」

「いやです。わたしは新市さんと一緒にいるのがいい。新市さんだって、この里が好きでしょう？　ずっと一緒にいたいでしょう？」

「もちろん好きだ。だが、街にも会わなくちゃいけない人がいるんだ。少なくとも、一人はいる」

「……その人のために帰るの？　また病になるかもしれないのに？」

「病？」

「櫨禅様が言ってました。新市さんは心に傷があるから、それを治してあげたいねって。わたし、一生懸命お薬探します。新市さん、まだ治ってないもの。だから治るまでは行かないで」

とうとう涙を落としてしまった葛だが、この時でさえ新市は幸せを感じていた。真剣に自分のことを心配してくれる人は、この里にも確かにいるのだと。泣きながら、行かないで欲しいと言う子がいるのだと。

俯《うつむ》いた葛の瞳から落ちた涙が雨粒のように川に落ち、小さな波紋を幾つも作り出す。

「葛」

新市は葛を手のひらに乗せ、頭を撫で、小指で涙を拭った。

「ありがとう、葛。お前の気持ちはありがたい。すごく嬉しい」

「それなら行かないですか？」

鼻の頭を赤くして見上げる葛に申し訳ないと思いつつ、新市は首を横に振った。途端にくしゃりと歪《ゆが》む葛を、潰《つぶ》しそうだと思いながらもそっと胸に引き寄せた。

「行ってもう一度確かめてくる。俺の絵が、あの世界に何かを与えることが出来るのか。与えることが出来たら」

新市は葛の顔が見えるように手を前に出し、告げた。

「その時はお前に会いに来る、葛」

「……やだ」

「葛？」

「やだ。や、です。絵が上手に描けても描けなくても新市さんがいい。新市さん、行かないで」

「葛……。俺の絵を好きだと言ってくれたお前の言葉が俺に力ともう一度やろうという気を起こさせてくれた。お前の目が確かだったんだと、お前が俺に生きる力を与えてくれたんだ。俺の病の薬はな、葛だったんだ」

「わたしがお薬？」

「そうだ。俺はそう思っている」

少し晴れやかになった葛だが、それも僅かの間のことですぐにまた半泣きに変わる。

いきなり過ぎたかと後悔を抱きながら屋敷に帰ると、門の前で待っていた千世に「帰りが遅すぎる」と叱られてしまった。

だが、泣いて新市から離れない葛から新市が決めたことを悟った千世は、「今夜だ」と告げただけで葛を新市に張りつけたままにしていた。

今夜――。

今夜この里を離れる。簡単なことなのに、どうしてか胸が騒ぐ。このまま葛を置いて行ってしまっていいのか、説得しなくていいのかと思うも、どちらにしろ一度は街に戻る必要があるのは確かだ。

夕食の後も、いつもは恥ずかしがって絶対に一緒に入らない風呂も一緒に入り、寝床にまで葛はついて来た。新市が床を敷き、横になると胸の上に乗って寝巻にしがみつき、新市が起きている間は見張るつもりでいるらしい。

だがそれも千世には想定済みのことで、和室の中に少し甘い香《かお》りがしたと思ったら、それまで目をぱっちりと開けていた葛が、急に意識を失ったように体から力を抜いたのだ。

匂いの正体は千世が焚いた香で、香炉を片手に入って来た千世はほっと安心した表情を浮かべた。

横になっていた新市は、そっと葛を抱き下ろすと自分が寝ていた布団に寝かせた。

「荷物は？」

「元から身一つだ。持って行くものは何もな……あ、あった」

新市は押入れを開き、積み上げられたスケッチブックの束から一冊を取り出した。

「これだけ持って行く」

「残りは？」

「葛に……葛に渡してくれ。会いに来るまで待っていろって」

新市が選んだ一冊のスケッチブックには葛ばかりが収められていた。自分はこの一冊があれば踏ん張ることが出来る。だが、葛にはもっとたくさんの「新市」が必要だとも思った。すべての絵は葛のためにある。葛を喜ばせ、葛が褒めてくれるから描いた絵。絵描きとしては不純な動機かもしれないが、この里にいた新市のそれが本心なのだ。


「そうか」

千世に促されて庭に出ると、提灯《ちょうちん》を片手に櫨禅が複雑そうな顔をして立っていた。

「行くんだな？」

「行く」

それは里や葛を選ばずに捨てるのではなく、選び取るために行くのと同義だ。

「会いに来ると、迎えに来ると伝えておいて欲しい」

先ほど千世に告げたのと同じ言葉を櫨禅にも伝えたのは、その方が葛にきちんと伝わるような気がしたからだ。

櫨禅もそれがわかったのか、幼馴染を横目で見ながら「わかった」と頷いた。

三人は裏木戸を潜り、竹林の方へと歩き出した。このまま進めばいつも葛が蜜を採取する池の畔に出るが、その少し手前で櫨禅は道を横に逸《そ》れた。気づかなかったが、細い道がもう一本、続いていたのである。

三人は静かに先を進み、やがて一本の大きな樫《かし》の木が立っているところで櫨禅は立ち止まった。

「この先を進めば人の住む場所に出る」

「何か目印のようなものがあるのか？」

「そんなものはない。ただ進めば自然に道は開かれる。お前が行きたいと願っている場所に。少し前なら出ることは出来なかった。だが今のお前なら大丈夫だろう」

櫨禅の太い声に新市は頷き、スケッチブックを握る手に力を込めた。

「さあ、行け新市」

新市はぎゅっと唇を引き結んだ。踏み出せば、これから先は画家神森新市としての人生が再び幕を上げる。

「世話になった。また」

来る——。そう言おうとした時である。

「！」

櫨禅がはっと顔を上げ、背後の道を振り返った。同じように、千世も目を見開いて振り返る。

「葛が起きた」

「香が弱かったのか？」

「いや、弱くはない。だが花の蜜で作った香だ。葛には効き目が弱かったかもしれない」

葛の名前に新市も思わず振り返った。屋敷からここまでは本当に僅かの距離しかない。もしも境界を越える前に葛に会えるのなら——。

振り返った新市は見た。大きな黒い犬がこちらに向かって疾走して来るのを。そして、その背に必死にしがみついている小さいものは——。

「葛だ……」

振り落とされまいと必死に耳の毛を掴む葛の目は、新市にだけ向けられていた。

「しん、いち、さん」

「葛！」

大きな声を出した新市に気が緩んだのか、それとも薬の効き目が残っていたせいなのか、

「あ！」

全員が声を上げた時には小さな葛の体は宙に舞い、地面の上に転がっていた。まるでボールのようにころころと転がる葛は、すぐに起き上がろうとしたが打った体が痛いのか、その場から起き上がることが出来ずにいた。

「新市……さっんっ」

泣き顔で必死に手を伸ばす葛に、思わず新市は戻り掛けた。葛を助けなければ、と。

誰しもの注意が葛に向けられているその時、一人だけ動いたのは千世だった。

「行け」

あっと思った時には遅い。

「葛！」

千世に突き飛ばされた新市の体は境界を越えてしまっていた。薄くぼんやりと煙る景色の中で、葛の驚いた顔がいつまでも新市の記憶の中に残されていた。

葛は非常に腹を立てていた。今までの人生の中で一番、孫と喧嘩したのが原因で千世の祖母が家出した時よりも怒っていた。

――葛！

確かにあの時、新市は葛の名を呼んでいた。ざわ

ざわとした嫌な予感に起こされた時には新市の姿も千世の姿も見えず、慌てて後を追ったのだ。幸運だったのは、ちょうど人の世界から戻って来たばかりの伊吹が近くにいて、犬の姿になって葛を背に乗せてくれたことだ。もしも伊吹が居合わせなかったら、新市が外の世界に行ったことを朝になるまで知ることはなかった。それは非常に悔しいではないかと葛は思うのだ。

「……それでも間に合わなかった……」

葛は、縁側に寝そべる犬の腹の毛をねじりながら不貞腐《ふてくさ》れた顔で愚痴《ぐち》を零した。

「千世様が悪い」

伊吹はふわりと尾を揺らした。普段は大人しく聞き分けのよい葛だが、頑固になる時もあるのだ。むしろ今頑固にならなくてどうすると、葛自身は思っている。

「でも葛さん、ご飯だけはちゃんと食べてください。もう四日も食べてないんですよ。このままだったら倒れてしまいます」

伊吹の前に膝をついた早苗は、葛用の小さな御膳を葛の前に置いた。まるで玩具みたいだが、ちゃんとした職人が作った立派な食膳だ。小さいながらも細工もあり、漆のお椀《わん》も湯飲みも葛専用の大きさで、その椀の上には小指の爪よりも小さな米粒が乗せられている。

「葛さんの好きな椎茸も梅干しもあるんですよ」

焼き椎茸と潰した梅干しを見た葛の喉がごくんと鳴る。自然に唾《つば》が湧いて来て、思わず手を出しそうになるが、

「やです。千世様がごめんなさいって言うまで食べません」

伊吹の毛をもう一度ぎゅっと引っ張ることで耐え

ることが出来た。

早苗のそばかす顔に困ったような表情が浮かんで、良心がチクチクしたがここで折れてはいけないのだ。

（千世様が悪いんだから。それなのに）

腹が立つのは、何も新市を外に帰したことだけというわけではない。戻ると告げられた時には絶対に嫌だと泣いてぐずったが、もう少し日数をくれたなら寂しいことだけれども、本当に渋々だけれども「行って来ていいよ」と言ったかもしれない。

我儘で自分勝手だったと思うし、新市にも迷惑を掛けたとも思っている。反省して謝れるものなら謝りたい。そして、笑顔で渋々だけれどもやり直したい。

そんな葛の心情をまったく考えないで、強引に外に帰るよう仕向けた千世のやり方に腹が立つのだ。それに、

「千世様が背中押したもの。新市さん、わたしのところに来ようとしてたのに」

まるで不意打ちのあの瞬間は、絶対に忘れることなど出来ない。なのに、千世はまるで自分が悪いことをしたと思っていないのだ。

葛が断食を始めて四日。初日は体調が悪いのかと心配していた千世も、葛の謝罪要求を突っぱねてからは、葛と同じように無視をしている。

「千世様、絶対に悪いなんて思ってない」

千世が謝る気がないなら葛も対抗し続けるまで。

「伊吹兄さんも千世様が悪いと思うでしょう？」

ぽかぽかと日向《ひなた》ぼっこをしていた犬は、フンと鼻を鳴らした。

「千世も悪いが、葛も許してやったらどうだ？　今なら許してやった方が大人だと思うけどな」

おとな……。その響きは葛の心を擽《くすぐ》った。いつも

は葛の保護者を気取っている千世よりも大人な自分を想像し、それでもやはりと首を横に振る。

「わたしは大人だから悪いことをした千世様が謝るまで許しません」

「お前なあ……」

犬は呆れたように耳を揺らした。どっちも子供だという呟きが聞こえたが、聞かなかったことにする。

千世の部屋には今は爐禅や他の里の人たちが来て、何やら難しい話をしているようだ。

大人が多く集まる時には、葛はこうして縁側の廊下で留守番していることが多い。今までなら——数日前までなら新市が一緒にいて、散歩も出来たし他のことも出来たのにと思えば、いなくなってしまった存在の大きさが懐かしく、悲しくなってしまう。

俯いてしまいそうになった葛は柱に立て掛けている絵の方へと顔を向けた。新市が押し入れに残したままのスケッチブックを開いて眺めることで、何とか気を紛らわせている状態なのだ。

開いて見れば多くの風景画の合間に千世や爐禅、早苗や自分の姿がある。怒っている千世や饅頭《まんじゅう》を食べている早苗、それからたくさんの葛がそこにはいた。

(だけど新市さん、この絵の中に新市さんはいないよ……)

人の世界には写真という便利なものがあって、それを使えば絵で描いたようにはっきりと残すことが出来るのだという。もしもそれが里にあれば、新市の顔や姿も残すことが出来たのだろうか。

きゅんとお腹と胸が鳴り、葛は袷《あわせ》の端をぎゅっと握った。

(早苗ちゃんには悪いけど)

自分で意識しなくても食事など喉を通らないのだ。

胸もお腹もいっぱいで、頭もいっぱいで、他のものを受け付けようとしないのだから仕方がない。

自分は花の神様だから水があれば命を繋いで行けるとわかっているから、千世もそこまで深刻には考えていないのだろう。

「新市さん、戻って来るって言った」

葛は伊吹の腹から離れ、スケッチブックに頬を寄せた。

今はその言葉と残された絵だけが、葛と新市を結び付けているだけだ。

他の神様に説得され、都杷に叱られた千世が葛に「悪かった」と頭を下げに来たのは、それから三日後のことだった。

ほっとした拍子に意識を失って倒れてしまい、千世ともども櫨禅と都杷に叱られたのはまた別の話。


葛の日課に朝の蜜採取以外の行動が加わった。

毎日朝と晩に竹林の曲がり道まで行き、待ち人が姿を見せるのを待っているのである。朝は滴を集める前後に、夜はカラスが鳴く頃から陽が沈んでしまうまで、その間、葛はじっと地面に座って待っていた。

あまりにも長い間いるのを心配した櫨禅が小さな台を作り、早苗が座布団を敷いてくれた。少し寒くなって来た今は、羽織を持ってそこにいる。

最初は心配して連れ戻そうと躍起になっていた千世だが、葛の懇願と櫨禅や都杷の取り成しで、渋々ながらも認めているようだ。夕方、今日も来なかったとしょんぼり肩を落として帰って来る葛を裏木戸の前で待っている千世は、いつも黙って葛の頭を撫でてくれた。

千世の謝罪で和解した後はきちんと食事を摂るようになった葛だが、新市への思慕が消えてなくなったわけではない。

一緒に栗拾いに行こうと楽しみにしていた秋が過ぎ、木枯らしが吹いた後に寒い寒い冬が来て、白いものが屋根に積もっても新市が里に戻って来ることはなかった。

さすがに雪が積もった日は千世もいい顔をしなかったが、寒がりなのに文句を言いながらも一緒に待ってくれたのは泣きたくなるほどありがたかった。

「千世様、ありがとう」

「お前に風邪でも引かれたら、俺が悪者扱いされるからな。ほら、体を乗り出すな。じっとしていろ」

懐炉《かいろ》を入れた懐の中に一緒に収まって、白い息を吐きながら葛は待った。

そして雪が解け、また夏が来て、秋が過ぎ、冬が終わり、春風の神様が新市がいなくなって二度目の里に春を運んで来てくれる頃、新市の消息を持って来たのは冬の間に人の世界に行っていた伊吹だった。

「新市さんだあ……」

卓袱台《ちゃぶだい》の上に広げられた雑誌の上に手をつく葛の真下には、新市の顔が大きく印刷されていた。食い入るように見つめる葛の姿に、周りの大人たちの口から苦笑が漏れる。

里にいた頃よりも少し肉付きがよくなり、体つきががっしりしたように見える。髪の毛は短くなっていたが、引き結ばれた唇と少し不機嫌そうに顰《しか》められた眉、そして精悍《せいかん》さを増したように思う顔は、間違いなく葛が会いたくて堪らなかった男だった。

「ありがとうございます、伊吹兄さん」

一人座敷の端に丸くなる伊吹は尾を揺らした。人の里にいる時にはずっと人間と同じ姿をしていたので、里に戻ってすぐはこうして黒犬になっていることが多い。人の世界は好奇心と刺激に満ち溢れてはいるけれども、かなり疲労を与えるものでもあるのだと、以前から本人が言っていたからそのせいだ。

(疲れるなら行かなきゃいいのに)

葛などはそう思うのだが、本来が放浪癖のある気性なので里の中だけでは退屈してしまうのだという。時々はもっと大きな犬の姿になって野山を疾風《はやて》のように走る時もあるらしいのだが、まだ葛はそれを見たことがない。

「よかったな、葛」

「はい!」

きらきら輝く笑顔の葛は、小さな手で新市の顔をなぞった。

「元気そうでよかった……」

葛は心の底からほっとした。里を出た後、もしかしてまた病がぶり返してしまって、今度は里に辿り着くことなく人の世界で倒れてしまっているのではないか、体を壊して動けなくなっているのではないかと心配していたのだ。

だが、雑誌を読む限り、新市は画家としての華々しい道を歩き出したことがわかる。伊吹が買って来たのは、絵画関係の話題を扱っている専門の月刊誌が一冊、それにファッション誌が一冊だった。葛が見入っているのは専門誌の方で、ファッション誌は今は千世の手元にある。

専門誌の方には新市の簡単な紹介と同時に、これまでに獲得した賞の一覧なども記載されていて、それを読む限り、里を出て二年の間に新市が大変な人気を得たらしいことが推察された。

里を出て初めて賞を取ったのは三か月後で、これは非常に早いのだと思う。だが、その後も数点出した絵が続けて大きな賞を貰うことになり、名実共に絵の世界に復帰することが出来たのだろう。

「新境地か？　天才画家奇跡の復活。人物画の分野でも新たな才能を見せつける」

千世が他の雑誌の一文を読み上げた。

「自然の風景を描くことが多かったのが、最近は人物画の方が多いんだと」

「新市さんはお上手でしたよ。庭の絵も、田んぼの絵も、千世様の顔も上手に描いてました」

葛には新市の画力がどれほどで、どれくらい世間で評価されているのかはよくわからない。だが、金色に輝くたくさんの盾や賞状に囲まれている写真を見れば、それだけで十分だと思った。

「よかった。好きな絵をいっぱい描くことが出来て」

葛はほわほわとした笑みを浮かべた。

「絵を描くのが忙しくて里に来れなかったのかな」

里にいた時よりももっと大きな絵が新市の背後に飾られている。ここではすぐに描きあげていた絵だが、大きくなって彩色まですれば時間はいくらあっても足りないに違いない。自分のところに来てくれないのは寂しいが、事情がわかってしまえば納得出来るものでもあった。少なくとも葛は、新市が忙しくて里に来る時間がないと考えたのだ。

それならば、

「それならわたしが会いに行けばいいんだ」

ぽつりと零したその台詞は、思っていた以上に全員の注意を引いた。伊吹が雑誌を買って来たのも、葛に元気を出して貰おうという意図があった。だから、最初から葛がどんな様子なのか窺っていたのである。そこに来ての「外に行こう」宣言に、ぎょっとしたのは千世だけではない。

「葛！」

本物がいなくても定期的に雑誌を見せていれば満足するだろうと考えていた千世が、びっくりして大きな声を出し、寝そべっていた伊吹もはっと起き上がった。

「おい葛、それは……」

「駄目だ。絶対に駄目だ。たとえお前が泣いて頼んでも、これぱっかりは許可出来ないぞ」

伊吹が何か言うよりも先に険しい顔の千世が葛を見下ろす。

「駄目ですか？」

「葛、それだけは止めてくれ。お前を里の外に出すなんて、そんなこと出来っこない」

「でも千世様、伊吹兄さんや櫨禅様はよく人の住むところに出掛けるでしょう？」

「頑丈な櫨禅やそこの風来坊とお前は違う。お前みたいに小さな神様が外に出たら、いっぺんに病気になってしまう」

「病気？」

葛は首を傾げた。弱く見えるようだが、自分はそこまで弱くないと自負していた葛にとって、病に罹るというのは怪我する以上に有り得ないと思っていたからだ。

「人の世には体を攻撃するものがいっぱいあるんだ。目には見えないが、それが体をどんどん蝕《むしば》んでいってしまう」

それは本当だろうかと伊吹を見れば、人の姿に戻った青年は頷いた。

「人の世界に、見えない毒があるのは俺も知ってる。そのせいで体を壊して人の世界から去ったやつもいる。中には図太く強《したた》かに生きている奴らもいるが」

「葛にはきついだろうな」

いつもは葛の味方をしてくれる櫨禅までがそんなことを言い、葛はくしゃりと顔を歪ませた。

「だめ、ですか？　新市さんのところに行くのは駄目ですか？」

「葛」

泣きそうな葛を卓袱台に乗せた千世の手のひらが優しく包み込む。

「過保護だと言われても、お前に意地悪だと思われても、行って欲しくない。もしも新市に会いたいなら、何とか里に来るよう連絡を取ってみる」

だから里の外に出るのだけは勘弁してくれと項垂《うなだ》れる千世の顔を見上げ、葛はとても困惑していた。

今まで外の世界に出ようと思ったことはない。興味が少しあるくらいの範囲でしかなかった。だが、今、里の外には葛が会いたくて会いたくて堪らない人がいる。

葛の中での結論は既に出ていた。自分が他の神様たちよりも、それから人よりも小さな姿なのは理解している。このまま外に出て行っても、千世の言うように病になってしまうかもしれない。

だが、

「──わたし、新市さんに会いたい。わたしから会いに行きたい」

それが葛の中での一番大きな願いになっていた。

「無理だ。お前を里からは出せない」

「伊吹兄さん、わたしを連れて行ってくれますか？」

尋ねるも、伊吹は肩を竦めるだけで「いや」とも「いい」とも言わなかった。葛の保護者である千世が反対している以上、何も言えないのだ。

ただ、犬の青年はこう言った。

「お前がもう少し大きかったら連れて行ってもいいんだが」

「伊吹！」

厳しい千世の声が飛び、慌てて口を噤んだ伊吹をきょとんと見つめていた葛は、すぐに目を大きく開いた。

「大きく……大きくなれるんですか？　わたし、もっと大きくなれるんですね」

それは青天《せいてん》の霹靂《へきれき》、今まで一度も考えたことのない方法だった。花から生まれ落ちた時からずっと小さかった葛は、自分の体の大きさを引け目に感じたことも恥じたこともない。どうして大きさが違うのだろうかと不思議に思いこそすれ、自分が大きくなれるとは想像もしていなかった。

その世界が今覆されようとしている。

「千世様……」

自分を包む千世の手を何度も揺らす。

「わたし、大きくなれるんですか？　大きくなったら新市さんのところに行っていいですか？」

余計なことをと伊吹を睨んでいた千世の目が、すぐに葛に向けられた。

「ねえ、千世様、大きくなれるんですか？」

「葛……」

だめだ――という形に開こうとした千世の唇が、重い溜息と共に葛の名を紡《つむ》ぐ。危ないから、何があるかわからないから、だから葛が外の世界に出るのを禁じているのはわかっている。

それでも、葛は会いたかった。新市に。伊吹が雑誌を持って来てくれたことはとても嬉しく感謝したが、雑誌の中の新市を見てしまえばどうしたって本物に会いたくなる。

「お願いします、千世様。わたしを外の世界に行かせてください。里から外に出て、新市さんに会いたいです」

葛はその場に膝を揃《そろ》えて座り、深く頭を下げた。

「葛、顔を上げなさい」

「お願いします、千世様。櫨禅様も伊吹兄さんも、わたしを外の世界に行かせてください」

焦った千世の声が聞こえたが、葛は顔を上げなかった。困らせている自覚はある。葛のことを大事に思い、案じてくれているのもわかる。

それでも、

「わたし、新市さんに会いたいです」

会えないわけではないのだ。新市が里に来れなくても、自分が動きさえすれば会うことが出来る。

涙が零れそうになるのを必死で葛は耐えた。

「……だめだ。それだけは……」

葛の必死な姿に、千世の声も苦く沈んだものになる。頭から叱って反対しても葛が決して決意を変えることはないとわかったのだろう。

それでも、葛は頭を下げるしか出来ない。今日許可を貰えなくても、ずっと頭を下げてお願いするしか葛に出来ることはないのだ。前の時のように食事を抜くのではなく、本気のお願いをどうしても聞き届けて欲しかったのだ。

楽しくわいわいと雑談に興じていた場が重いものに変わり、雑誌を持ち込んだ伊吹は気まずげに、櫨禅は腕組みしたまま瞼を閉じて何事かを考え、千世はじっと葛を見つめ――。

千世はゆっくりと口を開いた。

「葛、お前に言ってなかったことがある。お前だけじゃない。新市にも伝えていない」

「千世様？」

少し口調を改めた千世の台詞に、葛は卓に視線を落としたまま首を傾げた。

「この里は人の住む世界とは隔てられた場所だ。そこにたまに人が紛れ込むことはある。だが出て行った者で、もう一度里に戻って来る人はほとんどいない。何故だかわかるか？」

「人の世界が楽しいからですか？」

「それもあるかもしれないな。だが、一番大きな理由は――」

千世は大きな溜息と同時に、葛にとって衝撃の言葉を告げた。

「里を出た人間のほとんどは、里にいた時のことを忘れてしまうんだ」

「……え？」

「新市も記憶を失い、ここで暮らしていたことも忘れてしまっている可能性が高い。いや、忘れているはずだ。この二年、一度も山に入って来なかったのはそれが理由だ」

卓につく葛の腕に力が込められ、拳がぎゅっと握り締められた。

この里は神の住む里。人がいつまでも覚えていていよいところではないのだと、千世は言う。

（新市さん……）

葛は泣きたくなるのをぐっと我慢した。いつか来ると思っていた。いつかまた一緒に里を歩けると信じていた。だが、新市が覚えていないのなら――？

（新市さん、だったらわたしは……）

葛はすっと息を呑み、言った。

「それでもわたしは新市さんに会いたい。ううん、新市さんが覚えていないなら、やっぱりわたしから会いに行きたい」

千世にというよりは自分に、そしてここにはいない男に向けて、葛は言った。

「わたしは新市さんに会いたいです」

「──葛、お前は本当にそれでいいのか？　外の世界は想像しているよりもお前にとって辛く、決して優しくはないだろう。それでも行きたいと、あの男に会いたいと言うのか？」

「はい」

千世の問いに即答する。たとえ何が待っていても、もう一度会えるなら、たとえ覚えていなくても、会って里にいた時のように新市と過ごすことが出来るのなら。

それに、千世は言ったではないか。ほとんどの人間、と。つまり、もしかしたら覚えているかもしれないし、忘れているだけなら、いつかは思い出すかもしれない。

その希望に縋《すが》ることはいけないことだろうか？

「千世」

櫨禅の声に促された千世の長く重い溜息が、葛の背中に落ち、髪を揺らした。

「反対する気持ちは変わらない。だってそうだろう？　可愛い子供に誰が好き好んで辛い思いをさせたいものか」

「千世様……」

「だが……それでも、俺はお前の願いを拒否することは出来ても、行動までを止めることは出来ない」

やはりだめかと唇を嚙み締めた葛は、すぐに「え？」と顔を上げた。今のは──今の千世の台詞は葛が里の外に出て行くのを止めないと言っているように聞こえたが、違うのだろうか？

「ち、千世様、千世様っ、今の言葉……行っていいんですか？　わたし、行けるんですか？」

手にしがみついて必死になって顔を見上げれば、とても困った表情で──眉間《みけん》には深い皺《しわ》があり、唇はへの字に結ばれていたが、榛色《はしばみ》の目だけはしっかり頷いた。

「……仕方ないじゃないか。お前が本気で願うものを止められることなんか出来やしないんだから」

「千世様っ！」

葛は千世の手のひらにぐいぐいと頭を押し付けた。

「ありがとうございますっ！　ありがとうございます！」

そんな葛の頭を千世とは違った太い指が撫でた。

「よかったな、葛」

「はいっ」

「だが、千世の言う通り、外の世界には辛いこともきついこともたくさんある。外に行くまでにもっと勉強しなくちゃならないぞ」

「え？」

それまで喜びに溢れていた葛はきょとんと顔を上げた。すぐに大きくしてもらい、今日は無理でも明日には外の世界に出て、新市に会えると思っていたのだ。

「葛……それはさすがに無理だ。外の世界に行っていいとは言ったが、行くためには準備しなくてはならないことがたくさんある」

「そんなにたくさんお荷物が多いんですか？」

旅に出るのならたくさん物を持っていかなければならないだろうかと捉《とら》えた葛に、櫨禅、千世、伊吹の三人は揃って首を横に振った。

「人間の世界で暮らすための知識だ」

「一歩でも外に出てしまえばそこから先は人の世界。お前はそれに合わせる必要がある」

「覚えることは多いぞ、葛」

え？　え？　と首を傾げていた葛はようやく理解した。大きくなるだけでは里から出てはいけないのだと。人のことを知らなくてはいけないのだという当たり前のことを。

「文字の読み書きは出来るとして」

「待て待て。漢字とひらがなとカナだけだろう？　他の記号も覚える必要があるぞ」

「電車に一人で乗るのは絶対無理だな」

「だから待てってって。電車どころか電気のことだって知らないいんだろ？」

三人は葛に何から先に教えるべきか、額を合わせて言い合っている。

「そ、そんなに覚えることがあるの……」

一度外に出ることを認めたからには、安全に人の世界を歩けるように徹底的に鍛え込むつもりの千世たちに、葛は頬をひくつかせた。

（新市さんに会ってお話しするだけなのに）

思っていた以上に大事になってしまったことに驚いて目をぱちぱちしていた葛は、そこではっと思い出した。

「千世様、千世様」

「ん？　どうした葛」

「あの、お勉強もだけども、わたし、どうやったら大きくなれますか？」

新市に会いに行けるのならどんなきつい勉強でも耐えるつもりだが、大きくなることだけは自分の力では出来ない。だから尋ねた葛に、三人は口を揃えて言った。

「都杷様にお願いしなければ」

津和の淵の都杷は、大きくなりたいという葛の願いに「いいよ」といとも簡単に応えてくれた。当然先に事情は説明してあるため、千世たち同様反対されることも覚悟していた葛にとって、あまりにもあっけない言葉にぽかんとなる。

「だって、反対してもお前は行く気を変えるつもりはないんだろう？」

「はい」

「だったら反対するだけ無駄じゃないか。頑固に反対して可愛いお前に嫌われる方がよほどいやだもの、私は」

都杷はくすりと微笑みを浮かべて、付き添いでやって来た千世の方へ目を向けた。

「さすがに千世も断り切れなかったようだね。記憶のことは正直に話したんだろう？」

「……だって仕方ないじゃないですか。私たちは本気の願いには応えなくてはいけない。たとえそれが同じ神であったとしても」

「そうだね。葛の本気は何よりも強く、言霊《ことだま》はもう実現に向けて動き出している。反対するだけ労力の無駄。悪あがきはしてもいいけれど、それよりは葛の身を守るために労力を費やした方がよほどいい」

「都杷様？」

都杷の言っていることはよく理解出来なかったが、葛が外に行くことに都杷も反対しないのだけは葛もわかった。

「大きくなるのは簡単だよ。だけどそのままずっと姿を保つのは難しいし、お前の努力と注意も必要だ。早く外に行けるかどうかは、葛、お前次第だ」

神妙に葛は頷いた。

「と言っても、難しく考える必要はない。これから少しずつ覚えていけばいい。まったく何も知らないというわけでもないから、堅くなることもない」

気負うことはないと都杷は言うが、葛にとっては一世一代の大決心だ。出来るだけ早く、新市に会いに行く。それだけが今の葛のすべてだった。

「願えば通じる。お前も早くに覚えるだろう」

「わたしは何をすればいいですか？」

「なに、簡単なことだ。大きくなった体に慣れること。慣れながら他のことを学ぶこと。少しお待ち」

すっと立ち上がった都杷は、七重になった長い着物の裾を引き摺りながら隣の部屋へ行き、少し時間を置いて戻って来た時には、鱗粉《りんぷん》のような銀色の小さなものが浮かぶ小瓶《こびん》を手にしていた。葛の前に置かれたそれは透明にも虹色にも見え、こんな綺麗な水は初めてだと葛は見入った。

反対に千世は困惑した表情で、微笑む都杷の顔を凝視している。

「都杷様、それは……」

鱗《うろこ》——という小さな呟きが葛の耳に届いた。


「可愛い葛のためだもの。これくらいはしてあげなきゃね。その方が効き目が続く」

「都杷様、そんな貴重なものを……ありがとうございます……！」

千世が両手を畳の上につき深く頭を下げるのに倣って、葛もまた頭を下げた。何の鱗なのかわからないが、千世が驚くくらい大層貴重なものだということだけはわかったからだ。

「なんの。千世の子離れを手伝えると思えば楽しいものだよ」

からからと笑った都杷は、葛を畳の上に下ろし、自ら瓶の蓋を開け、耳かきほどの大きさの小さな匙《さじ》で中身を掬《すく》い取った。

「ほら、葛、飲んでごらん」

「これを飲めば大きくなれるのですか？」

「ああ」

目の前の匙をじっと見つめた葛は大きく深呼吸をすると、顔をそのままつっこむようにして匙に口をつけた。ほんの少し甘い匂いがするが味はほとんどない。少しとろりとしたそれを必死で飲み干した葛は、都杷と千世を見上げた。

「都杷様、まだ大きくなって……」

ない。そう続けようとしたが強烈な睡魔に襲われて、それも叶《かな》わなかった。

「大丈夫だよ、葛。すぐに目を覚ます。目を覚ました時には、お前は望み通り大きくなっているよ」

そんな都杷の声が聞こえた。

どれくらい時間が経っただろうか。眠りに落ちた時同様、急激に体が覚醒《かくせい》を求めるのにつられるまま、葛はぱちりと瞼を開いた。ゆっくりと体を起こそうとして、何か勝手が違うことに気づく。重いのである。何とか腕を支えにして上半身を起こした葛は、自分がいつもと違う白い桜を散らした桜色の寝巻を着ていることに気づき、ぼんやりときれいだなと思った。

そしてふと思い出したのだ。目が覚めたら大きくなっているという都杷の言葉を。

「……！」

ぼんやりとしていた頭の中がはっきりとし、改めて部屋の中を見回した葛は確かに感じた。

「わたし……大きくなってる……」

天井がとても近い。それに家具や調度品が小さく見える。見たことのないものばかりだから、きっとここはまだ都杷の家なのだろう。今まで表の部屋にしか通されたことがなかったからわからなかったが、大きな姿見や柘植《つげ》の櫛《くし》の置かれた大きな赤い鏡台は、都杷の好みにぴったりだと感じた。

重くなった体を起こし、立ち上がろうとして無様《ぶざま》に膝を着いた自分に笑ってしまう。大きさが変わっただけなのに、こんなにも動くことが出来ないのだ。

仕方ないので這って襖《ふすま》まで行き、そっと開けると正面に座っていた千世と目があった。

「千世様……」

恥ずかしかったが、葛は思い切って襖を開き、千世と都杷、それからなぜかいた櫨禅に向かって頭を下げた。

「あの、わたし、大きくなれました。ありがとうございます。それであの……」

歩けないからどうしたらいいのだろうかと思っていた葛だったが、

「言っただろう？　それも練習の一つだよ」

誰よりも先に立ち上がった都杷が葛の体を抱き抱え、櫨禅の膝の上に乗せた。

「ほうら、よい椅子がある。慣れるまでにはまだもう少し掛かるだろうから、それまではその椅子に寄り掛かっておいで」

俺はこのために呼ばれたのかという櫨禅の嘆きに申し訳ない気持ちになる。

「櫨禅様、ありがとうございます。もしご迷惑なら下ろして貰ってもいいです」

もぞもぞと下りようとした葛だが、腰に回された腕にもう一度戻される。

「座ってろ。まだよく動けないんだろう？」

頷いた葛は厚意に甘えることにした。そして不思議な気分になる。今まで何度も座りよじ登っていた櫨禅の膝はこんなに頑丈に支えてくれるのかだとか、三人の姿形は何故か今までよりも大きく見えるだとか、卓袱台はこんなに小さなものだったのだとか、見える範囲だけで違いはたくさんある。

「驚いているね、葛。そう、それが大きくなったお前が見ている世界だ。お前はすぐにでも外の世界に行けると思っていたようだけれど、無理なことはわかったね？　――よろしい。これからこの大きさに慣れ、今までと同じことが出来るようにならなければいけない」

「何をすればいいですか？」

「家ですることはいつもと同じだ。その点は千世よりも早苗と相談した方がいい。あの子ならお前が屋敷で出来ることをいくつも見繕ってくれるだろう。面倒見も良い子だから、よい師になってくれるよ。それから、後は勉強だ。読み書きは自分でも出来るからよいとして、少し外の世界のことを知らなければいけない」

都杷はにっこりと微笑んだ。

「伊吹もしばらく里にいるそうだから、あの男を使うといい。千世の屋敷にしばらく居候させるからね」

今現在、津和の里の者の中で、一番現実的に人の世界を知っているのは伊吹くらいだ。中には随分昔に人の住む村で暮らしていた神様もいるが、本当に数十年以上前のことなので、それが今は通用しないのだと都杷は言う。都杷自身は外の世界には行かないが、独自の方法でころころと変わる人の世を眺めているらしい。

「櫨禅、葛を頼むよ。この子がこの体に慣れるまで様子を気に掛けておあげ」

「わかりました、都杷様」

「さあ、葛。後はお前の努力次第だ。辛くなり、止めたくなったらいつでも止めることは出来る。お前はどうするだろうね」

葛はぎゅっと手を握り締めた。決まっている。絶対に諦めたりしない。

三か月。それが、葛が自分の体を自在に動かすことが出来るようになり、課題を終わらせるまでに要した時間だ。

そして今日、葛は里を出る。境界を越えて、人の世界に行くのだ。

この日のために里で一番の機織《はたお》りのお蝶が仕上げた薄い鼠《ねずみ》色の格子《こうし》模様の着物の上から、松葉色の羽織を着た葛は、胸に大きな風呂敷包を抱えたまま、見送りのためにやって来た里の人たちへ深くお辞儀《じぎ》した。

「葛ちゃん、辛くなったらすぐに戻って来るのよ」

「葛、新市に会えたら帰って来いよ。それから土産も忘れずにな」

普段は里の中で自由に過ごしている神様たちが、葛の周りを取り囲んで頑張れと肩を叩き、あれやこれやと心配する声を掛けてくれる。

その一人一人に応えながら葛は、絶対に新市に会わなくてはと再度誓った。

里を出て人の世界に行く葛の案内人は伊吹で、こちらは普段と変わらないTシャツとジーンズという簡単な服装だ。その伊吹は、千世と櫨禅を前にしてうんざりした表情を浮かべている。出立《しゅったつ》の日から何度も何度も同じことを言い聞かされ続けて来たのだ。いい加減うんざりもするだろう。

(でも千世様、ありがとう。わたしの我儘を聞いてくれて、本当にありがとう)

皆の別れの挨拶に応えながら千世を見つめていると、多少は気が済んだのか千世が葛の方へやって来た。

「いいか、葛。絶対に気を抜くんじゃないぞ。それから都杷様の言いつけは絶対に忘れるな」

「はい」

「ああ、心配だ。どうしよう、私も一緒についていくべきだろうか？」

「千世様、それは駄目だって都杷様が……」

　そうなのだ。伊吹と一緒に自分もついていくと主張していた千世だが、千世が行くことは葛の自立を妨げることになるからよくないと、やんわりと都杷に諭されていたのである。命令ではないが、「行かない方がいいだろうね」とまるでお告げのように言われてしまえば、さすがに千世も逆らってまで行こうとは思わない。

「言いつけと約束は守ります。絶対に忘れません」

　大事なものが詰まった風呂敷包を葛はぎゅっと抱き締めた。少ない荷物なのは、人の世界で暮らす仲間が既にいろいろと準備をしてくれているからだ。本当に必要なものだけを持って来いと言われ、葛はその通り大事なものだけをこの風呂敷に包んでいる。

「千世、もういいだろう？　何時《いつ》まで経っても葛が出発できないぞ」

　櫨禅に肩を引かれ、葛に抱き着いていた千世は渋渋体を離した。

　名残惜しいのは葛も同じだ。だが、この出発の日のために里の皆がたくさんのものを用意してくれた。葛は一人で行くのではない。

「千世様、葛の側にはいつも千世様や櫨禅様、都杷様や他のみんながいます。だから待っててください」

　大きくなってもまだ千世の背丈には届かない小さな体で、葛はぎゅっと千世に抱き着いた。それから、落ち着いた千世の匂いを忘れないようにと鼻で吸い込み、顔を上げた。

「行ってきます」

　境界を越える間際、振り返った葛の目に映ったのは俯いて泣いている千世とその肩を叩く櫨禅の安心しろという頷き、それから里の皆が手を振る笑顔だった。

意気込んで里から出て来た葛は、ソファの上で縮こまっていた。

「ごめんなさい……」

白い天井と薄い黄色のカーテン、薄茶の絨毯《じゅうたん》、立派で大きな家具とガラスのテーブル、天井まで届く棚と大きなテレビ、明るく輝く照明。葛のいた里にはなかった品で溢れるここは、人の世界で葛の協力者となってくれる冴島万智《さえじままち》という男の部屋だ。

「まったくだ。部屋に連れて来て電気をつけた途端に倒れられ、しかも起きた時の第一声が千世様だぞ？」

上から睨み下ろす万智は中性的で秀麗な顔を露骨に顰めて見せた。本人は嫌がっているが、最初に会った時にも千世に似ていると思ったのだ。髪は万智の方が短いし、真っ黒だから普段なら絶対に間違って呼ぶことはないのだが、里を出て来たばかりですでに里心がついていた葛には、千世に見えてしまったのだから仕方がない。

「ごめんなさい。もう間違えません」

「当然だ。次に間違えたらその鳥の巣頭をむしり取るからな」

美しい顔に意地悪そうな笑みを作られ、葛は慌てて自分の頭を押さえた。体が大きくなり、顔立ちも大人には近付いたが、どうしてか鳥の巣みたいな髪の毛は小さい時と同じままで、少しは真っ直ぐになるだろうかと期待していた葛が、唯一がっかりした部分でもあった。

「万智、葛が怯えるから止めろ。葛、こいつはこんなだが面倒見はいい奴だ。何かあればすぐに頼っていいぞ」

「は、はい」

ちらりと上目使いで万智を見ても何も言わなかったから、伊吹の言う通りなのだろう。何より、「サエジママチ」という者を頼れとは、都杷が言ったことだ。津和の里だけでなく他の里や村でも影響力のある都杷の推薦に間違ったところのあるはずがない。

葛は改めて起き直り、ソファから下りて正座して深々と頭を下げた。

「どうかよろしくお願いいたします」

よしという満足そうな声に葛はほっとした。

どういう仕組かわからないが、里を出るとすぐに人の住む大きな街で、大きな噴水の前で待っていた葛と伊吹の前にやって来た万智は、黒いサングラスに黒い長袖の上着に黒いズボンという全身黒ずくめで現れ、まずそれに度肝《どぎも》を抜かれた。

季節は夏ということで、ほとんどの通行人が肌を出した姿をしていたことにも驚かされたが、まるで漆黒の闇のようないでたちの万智には、他人事ながらすごく浮いていると思ったものだ。おまけに、首や耳や腕、指にはキラキラ光る装飾品が多くつけられている。

後から「顔出すと目立つからサングラスだ」と本人は説明してくれたが、もう日が沈もうとしている時だったのもあり、逆に目立っていたと思う。

三人はそのままタクシーに乗り、万智が住むマンションへとやって来て、そこで万智が部屋の電気をつけた途端、意識を失った次第だ。

（だって、あんなに人がいるとは思わなかったんだ

もの。大きな音もいっぱいしたし、何て言ってるのかわからない言葉がいっぱいあった）

見上げても頂上が見えないくらい高い高い建物――ビルに、壁には大きなパネル、聞いたこともない早口の音楽が流れ、様々な匂いがした。予《あらかじ》め予備知識を仕入れて安心していたと思っていた葛だが、基本的なものをほんの少し齧《かじ》っただけなのだと、初日にして思い知らされてしまった。

迷惑を掛けたことで謝罪した葛だが、観察すれば天井の照明は最初に葛が見た時よりも暗くなっているような気がする。

「お前、明るすぎて驚いただろう？　別にそこまで明るさが必要なわけじゃないから少し絞った。でもこれ以上は駄目だぞ。本が読めなくなるからな」

絞るという意味は摑めなかったが、万智が葛のために少しだけ明かりを減らしてくれたことはわかった。

「ありがとうございます」

「気にするな。伊吹、紅茶」

「はいよ」

「わたしも手伝います」

台所へ行く伊吹の後を追う葛の背に「食器を割るなよ。ついでに火傷《やけど》もするなよ」という万智の声がかかり、くすりと笑った。都杷が推薦した人だけのことはある。意地悪で、そして優しい万智は、嫌がるだろうけれど本当に千世に似ていた。

伊吹が慣れた手つきで紅茶を入れるのを見ながら、器を出したりと簡単な手伝いをした葛は、三つのカップをお盆に乗せて慎重に運んだ。ガラスのテーブルの上に置く時には、零さないように細心の注意を払うのを忘れない。

「落とさなかったな」

「はい。練習しました。お味噌汁のお椀も煮物も零さないで運ぶことが出来ます」

不安だったのは、畳に慣れている足には絨毯が柔らかすぎて、ほんの少し躓きそうになったことくらいだ。

「ふうん。一通りの家事は出来るんだな。掃除や洗濯は？」

葛は満面笑みで胸を張った。

「お掃除は得意です！」

小さな体の時から屋敷の掃除は早苗と葛で分担して来たのだ。どんなところに埃《ほこり》や汚れが溜まりやすいか、ちゃんと知っている。洗濯の方はゴシゴシと洗うだけなので大丈夫だ。

「それならなんとかなるか……」

不合格だと言われなかったことで安堵していた葛だが、考え込む万智の様子に不安そうに伊吹を見た。

「万智、葛に何をさせるんだ？」

「何をさせるって言うか、こいつが何をしたいかだな。おいちび」

「ちび？」

それはまさか自分のことだろうかと驚いて凝視した葛の頭を万智の手が撫でる。

「ちっさいのは本当だろう？　お前は今からちびな。それからここでの名前は？」

ちっさいのは本当だけれども、でも大きくなってもまだちびなのかとがっかりした葛は、名前を尋ねられはっきり答えた。

「津和里《つわざと》葛です」

津和の里から出て来た者に共通する姓である。千世なら津和里千世、伊吹も人の世界にいる時には津和里伊吹と名乗っている。例外は、目の前にいる万智くらいで、自分でつけた冴島という姓が、鴉《からす》の神様だという本性をそのまま示している。

「ちび、お前は何のために里を出た？」

「新市さんに会うためです」

それは片時も葛の中からは消えることのない願いだ。

「今は簡単に会えるわけじゃない」

それも覚悟はしていた。会いに来ると言った新市が二年も来なかったことから、もしかしたら里でのことを忘れてしまっているかもしれないというのは、覚悟はしていたことだ。最初は、葛も人の世界に出ればすぐに会えると考えていた。しかし、今の新市は葛の知っている新市ではないと、千世も櫨禅も言う。

どこが違うのかわからない葛に、櫨禅は教えてくれた。今の新市は、とても有名になっていて、簡単に会える存在ではないことを、都杷のところへ遊びに来る他の偉い神様を引き合いに出してわかりやすく説明してくれた。都杷のところに来るのは大蛇の神様で、里の他の神様たちが会おうと思っても、簡単に会える方でないのと同じように、人の社会の中で、絵という狭い世界の中では新市は神様のような存在になってしまったのだと。

その「神様」に近いところにいるのがこの万智だ。

「幸い僕は業界にもそれなりに顔が利《き》く。知名度から言えば、一般的には神森より僕の方が高い。有名だし、稼ぎもいいし、顔も広いし、スタイルも顔だって抜群だ」

最後の方は自慢になっていたが、葛はいちいち頷きながら聞いていた。その真面目な態度は万智の葛への評価を僅かばかり引き上げてくれたらしく、

「なんだ、素直でいい子じゃないか。神森には勿体《もったい》なさすぎる」

などと言いながら、葛をぐいと抱き寄せる始末。

「おい万智。千世が癇癪起こすぞ」

「ふん、今ここにいない奴には手も足も出せないから問題なしだ」

「伊吹兄さん……」

助けを求めるが、万智の力は細い腕の割に強く、伊吹も無理矢理引き離すつもりがないため、万智が満足するまで葛は万智の腕の中に囚《とら》われ続けていた。

きっかり五分後、真剣な顔つきで万智は葛へ仕事を与えた。

「家事手伝い？」

「正確には家政婦のようなものだ。掃除が出来ればいいと言っていた。それで僕がちびを売り込んでおいたんだ」

胸を張る万智に、いつの間にそんな根回しをしたのかと伊吹と顔を見合わせる。万智とは、今日初めて会ったのだ。

「都杷様に聞いていたからな。気立てのよい、よく気のつく子だと。もし本物がそうでなければ、話はなかったことにして流すことも出来たから、問題はないだろ？」

「わたしは合格ですか？」

「掃除が出来ればいいなら合格だ。それにガツガツしたところがないのがいい。たぶん、それが何より一番大事な条件だと思う」

「それじゃあ、わたしは新市さんに会えるんですね。新市さんはいいって？」

「合意は取り付けた。神森の予定が空《あ》き次第連れて行く手筈《てはず》になっている」

「今すぐじゃないんですか？」

「それは無理だ。僕に家政婦の話を持って来た画商の話によると、今別件で制作にかかっていてもうしばらくかかるらしい。本当はその間の方がいいとは思ったんだが、どの道完成するまでは会えないからな。それならいっそ、神森に余裕のある時の顔合わせの方がいい」

「へえ、よく考えてるんだな」

「当たり前だ。僕は仲間にはすごく優しいんだ。ちびは特に僕のお気に入りだからな」

葛の頭をグリグリ撫で回す万智は上機嫌である。顔は文句なしの美女風なのに、言動は葛の知っている誰よりも男らしく、伊吹もそんな万智には振り回されているように見える。

家政婦といっても何から何まで家事を行う必要はないらしい。絵画の制作以外にも仕事が舞い込んで来た新市は、多忙な生活を少しでも楽にするために新たにサービスの行き届いた都心のマンションを購入したはいいが、雇った家政婦が性質のよくない者たちばかりだったため、辟易《へきえき》していたというのだ。具体的にどんな風に性質がよくなかったかを葛は教えて貰えなかったが、伊吹には何となく察しがついたようで、やれやれと溜息をついていた。

「万智、家政婦なんてまどろっこしい真似をしないで、そのまま新市に会うのは駄目なのか？」

「伊吹、お前もまだまだだな。今の神森は、津和の里のみんなが知っている神森新市じゃない。売れっ子画家の神森なんだ。会う約束を取り付けるまでに何週間、下手したら何か月もかかる奴らだっているんだ」

「あの、わたしの名前を伝えても駄目だと思いますか？」

津和の里から葛が来たとそう伝えればと考えた葛だが、万智は「止めた方がいい」と言う。

「今の奴は変わったと言っただろう？　もしかした

らちびのことは覚えているかもしれない。いや、たぶん覚えているんだろう。ただし、それは自覚してのことじゃない」

「どういう意味ですか？」

「神森に会えばわかるさ。ちびに会って思い出すかどうかもわからない。思い出したところで、それをよいと思っているかどうかは僕にはわからない」

「知らぬふりをするかもと？」

「可能性は捨てきれないだろう？　僕は神森が里でどんな風に暮らしていたか知らないんだぞ。ちびとどんな風に過ごしていたかもわからない。断定出来っこない。ちび、お前はそれでもいいか？　神森に会うか？」

口調は決して優しいとは言い難かったが、傷つかないようにと思っての言葉の数々に、葛は頷いた。

「わたしに会えば新市さんは思い出しますか？」

「それはわからない。思い出すかもしれないし、そうじゃないかもしれない。いつ思い出すかもわからない。長く長く掛かるかもしれない」

「でも絶対に思い出さないわけじゃないですよね？　それならわたし、新市さんに会います。思い出してくれるまで、ずっと側にいます。わたしとわからなくても、新市さんが誰かを必要としてるのなら、そのお手伝いがしたいです」

勿論、悲しいことではある。だが、もしも忘れたままでいたとしても、新しく出会って始めればいい。津和の里のちいさな神様が、こうして大きくなったのだ。もう一度、出会いから——。

新市に会えるまで、結局七日も掛かってしまった。その間、伊吹と共に万智のマンションに厄介になった葛は、少しずつ暮らしの中の道具の使い方を覚えていった。風呂、バスルームやシャワー、換気扇、洗濯機など、家政婦として取り敢えず押さえておかなくてはならない基本項目だ。

「ボタンを押すだけでいいから簡単だろう？」

と万智は言うのだが、あまりにもボタンがたくさんあり過ぎて、どれがどれだかわからないことの方が多く、

（人間ってすごいんだなあ）

慣れない暮らしに苦労する神様には、人間の方が万能で順応力の高いすごいものに思えてならなかった。

相変わらずの黒ずくめの姿で職場からマンションに帰って来た万智に連れられ、葛が車で向かったのは、万智のマンションからさほど遠くない場所にある高層マンションの一室だった。最上階ではなかったものの、高層階の新市の部屋の前に来た時、葛の緊張は最高潮に達していたと言っていい。

（ここに新市さんがいる……）

万智に家政婦の紹介を頼んだ画商により、新市が在宅なのは確認済みだ。

（会ったら最初になんて言おう。久しぶり？　それともこんにちは？）

来る前までは、覚えていなくても仕方がないと半分は諦めていたのに、会えるとわかれば期待に胸が膨らむ。

（覚えていてくれるかな？　わたしってわかるかな？）

二年前よりも貫禄《かんろく》が身に着いた新市のことは、雑誌を見てもすぐにわかった。新市はどうだろうか？　薄らとでもいいから思い出してはくれないだろうか？

どきどきする胸を押さえている葛は、万智と画商の会話すら耳に入っていなかった。溢れ出しそうになる自分の感情を内に留めるだけで精一杯なのだ。

「神森先生の復帰第一作をうちが取り扱った関係上、マネージャーの小暮《こぐれ》さんも強く出られないんですよ。神森先生に直接連絡を取らなければ、今回の話もなかったことにされたかもしれません」

呼び鈴――インターフォンを鳴らす画商の前田《まえだ》は自慢そうだ。

「確かに、前田さんの言う通りですね。小暮さんを通せば、絶対に神森にまで届かない」

「業界でももう結構噂《うわさ》になってますよ。正直、悪口は言いたかないんですが、あまり小暮さんを信用しない方がいい。と言っても、私にそれを止める権限も影響力もないのが悲しいところですね。うちに出来るのは可能な限り神森先生の作品を引き取って、権利を確保することです」

「口を出す権利？」

「そうとも言いますね。あ、先生、神森先生、前田です。家政婦さんを連れて来ましたよ」

玄関の真横に口を付けるようにして画商の前田が何度か声を掛け、「入れ」という声と共にガチャリと鍵が開くまでの数分は、葛には二年分以上に長く感じられた。

「これが家政婦なのか？」

葛を紹介されて開口一番の新市の台詞がそれだった。ゆったりとした幅広のズボン、襟なしの半袖《そで》シャツからは知っているよりも太く逞《たくま》しくなった腕が見える。その腕を組みながら、新市は言った。

「また女だと思っていた」

「まさか。女性の家政婦さんは先生も懲《こ》りているでしょう？　だから、冴島さんの伝手《つて》に頼らせて貰って、気立てのいい若くて働き者を連れて来たんですよ。先生みたいにいい男だったら、たとえ年輩でも安心出来ませんからね。と、私は飲み物でも入れて来ましょう」

一人上機嫌の画商は、パタパタと台所へ駆け込んだ。何度か訪れたことがあるため、何がどこにあるのかを把握しているのだ。

（わたしも早く覚えなくちゃ）

同じマンション住まいでも、万智の部屋より新市の部屋の方が広かった。一つ一つが大きいのである。薄水色や白柳色という淡い色でまとめられた部屋は、寒色のくせに何か温かく胸に満ちるものがあった。それが何かはまだわからないが、里の千世の屋敷にいた時のような視界の優しさがある。

（新市さん、もしかして）

無意識に自分がいた場所を再現しようとしているのだろうかと思いながら、万智に背中を抓《つね》られて、慌てて前に踏み出した。それまで自己を紹介するのを忘れてしまっていたのだ。会えたことで満足している場合ではない。

「こ、こんにちは。わたしは津和里葛と言います」

名を告げながらしっかりと顔を見つめ、新市の反応を窺ったが、目が合ったはずなのに新市は無表情に眉を上げただけで、葛に気付いた様子はない。すぐ目の前に会いたかった人がいる。会えた喜びで満面の笑みを浮かべていた葛は、新市の反応にしゅんと俯いた。それでも、

（新市さん、新市さん、本物の新市さんにやっと会えた）

本当は飛びつきたかった。飛びついてぎゅっと抱きついて、大きな声で叫びたかった。だが、今の新市の反応を見てそれが出来るほど葛も愚かではない。

（新市さん、葛です。わたし、会いに来たんです。大きくなったんです）

だから、気づいてと伝えたくて顔を上げた葛は、同じように自分を見下ろす新市の真剣な表情に驚き、目が離せなくなってしまった。もしや思い出したのかと期待するも、

「……ちいさいな。家事が出来るのか？」

単に観察されていただけとわかり、がっかりしながらも言い返す。

「出来ます。小さいけど、ちゃんと出来ます。子どもの頃からずっとやってたんです」

まさかこんな少年に言い返されるとは思わなかったのか、新市は目を見張り、肩を竦めた。

「出来るならいい。約束事は一つ。俺に迷惑を掛けるなだ。それさえ守れれば、後は好きにしていい。部屋は向こうの二つが空いている。好きな方を使え」

それだけ言うと、新市はクルリと背を向けた。盆に人数分のカップを乗せて戻って来た前田は、葛に盆を押し付けると自分と新市の分だけカップを持って、慌てて後を追い駆けた。

ただ、葛にはそんな外野の様子は目に入っていなかった。

「やっと、やっと会えた……新市さん……」

会いたいという望みが叶えられ、新市と二年ぶりに言葉を交わした葛は、今になって瞳からポタポタと大粒の涙を零した。

「よかったな、ちび」

「あ、……はい、よかった……で、す」

覚えていなくても、冷たくはされなかった。邪険

にもされなかった。同じ建物の中で寝泊りしてよいと許して貰えた。

葛は何度も何度も涙を拭った。神森との話が終わって、赤く腫れた目をした葛を見た前田はおろおろしていたが、

「ありがとうございます。わたし、家政婦の仕事を一生懸命頑張ります」

葛は、新市と会う機会を与えてくれた気のいい画商に、深く頭を下げた。

これから先は、葛がどれだけ頑張れるかに掛かっている。

「絶対に泣かせるなよ。大事な預かりものなんだから、お前もそのつもりで葛に接しろ」

要約すればこれくらい、省略しなければ二十分ほどの時間をかけてくどくどと説明した万智は、最後にショルダーバッグから出したファイルを新市に手渡した。

表紙を一瞥《いちべつ》した新市の目が驚いたように見開かれた。

「葛取扱い説明書？　なんだこれは？」

さすがに無関心ではいられない題名で、それは葛も同じだった。

「万智さん、これって……」

見覚えのある文字が大きく表紙に書かれている。千世の字だ。

「ちびの保護者たちから預かってきたんだ。何かあったら困るからな」

「過保護だな。いい大人……待てよ？　こいつは幾つなんだ？　成人しているのか？」

呆れたように呟いた新市は、すぐに葛を指差し尋

ねた。

「未成年なら帰らせろ。子供の面倒はごめんだ」

ガーンという音が葛の頭の中に鳴り響いた。

（新市さん……子供、面倒って……わたしも面倒だった……？）

確かに慣れるまでに多少の時間は掛かったが、里での新市は、最初から葛を邪険に扱いはしなかったし、その後も楽しく過ごせたと思っていた。それはすべて思い過ごしだったのだろうか。

（ううん、そんなことはない。新市さんは優しかった）

葛の歩調に合せてゆっくりと歩いてくれた。転んだらすぐに起こしてくれた。早起きして蜜を採りに行くのにも付き合ってくれた。野狸に追い駆けられた時には助けてくれた。

「わたし、迷惑かけません。それにおとな、です」

「幾つだ？」

「じゅ……じゃなくて二十です」

二本の指を立てた葛の尻は、万智の手で抓られていた。

「今、十って言おうとしてなかったか？」

「気のせいだ。田舎から出て来たばかりだからな、緊張してるんだろう」

再度尻を抓られて、葛はコクコクと頷いた。

「取扱説明書の内容は簡単だ。優しくしろ、いじめるな、酷い言葉を投げつけるな。多少の失敗は大目に見ろ」

「待て冴島。最後のは家政婦としてどうなんだ？」

「だから大目に見ろと言っている。完璧に家事が出来ても神森に色目を使ったり、盗癖があるのよりはいいだろう。それで苦労したんだから、多少のことには目を瞑《つむ》れ」

新市は難しい顔で首を捻《ひね》っている。葛も首を捻った。万智の言い分では、なんだか葛が手のかかる子供みたいだ。千世が書いたのだとしたら、そうなるだろうなとは思うが。

「わたし、お掃除は得意です。お部屋の中をきれいにします。他のはまだ慣れないとは思うけど、練習して慣れます。だから新市さんも安心して任せてください」

どんと胸を張った葛を見下ろした新市は「新市さん……？」と呟いた。

それまではあまり表情を変えなかった新市の顔に、初めて微笑らしきものが浮かんだ。

「！」

「久しぶりに名前で呼ばれたな」

かつて、津和の里で葛を見つめていたのと同じ瞳、同じ表情。葛の頬がぶわっと赤く染まると同時に、懐かしさと切なさで葛の瞳が見る間に潤《うる》んでいく。

しかし、それも次の瞬間には止まる。

「――だが、次からは呼ぶな」

「え……？　じゃあ、じゃあ何て呼べば」

「名前以外なら好きにしていい。神森さんでも神森先生でも」

新市さん……。葛は口の中で名前を転がした。繋がりは切れたわけではない。だが、大事な何かがボロボロと心の中から零れ落ちて行く気がした。零れないように慌てて蓋をしたが、どれくらい耐えることが出来るだろう。

「名前くらいでいちいち目くじら立てるな。心が狭いやつだな」

「狭くて偏狭《へんきょう》で結構だ。それが嫌なら辞めて貰っても困らない」

それは困る。葛が困る。

「あの！　万智さん、いいんです。わたし、ちゃんとしますから置いてください。――神森さん」

ぎゅっと結んだ唇。万智の心配そうな顔が目に入ったが、まだ大丈夫だと葛は自分に言い聞かせた。

（そのうち、きっと思い出す。その時にはまた名前を呼ばせてくださいね）

万智に向かって大丈夫だと小さく頷いて葛は、もう一度深く頭を下げた。

「不束者《ふつつかもの》ですが、どうかよろしくお願いいたします」

――新市さん。


夜。葛に与えられた部屋の中で一人、ベッドの下に足を抱えて座り、葛は寝巻を来た姿で膝の上に頰を付けた。

「新市さんと一緒に暮らせるんだ……」

もう既に深夜に近い時刻で、葛にしては相当頑張って起きている方だ。瞼はとろんと落ちて来るし、頭の中で「ねむいねむい」という声も聞こえる。一度万智と一緒にマンションに戻り、伊吹と一緒に荷物を運び入れた時、新市は部屋の中から出て来なかった。仕事が一本終わったばかりなので寝ているんだろうと万智は笑い、気にするなと葛の頭を叩いた。

伊吹は自分も残りたそうにしていたが、「ペット禁止」という万智の言葉に憮然としつつも渋々引き下がっていた。可能なら犬の姿で一緒に飼って――居候させて貰おうと思っていたらしい。その伊吹は、まだしばらくは万智のマンションを拠点にして滞在すると言っており、すぐに連絡が取れる場所に親しい人がいるのは、葛には何よりも心強かった。

「新市さんと一緒にいるのに、心細いって思うのはいけないのかなあ」

今の新市に受け入れられるまでは、もう少し時間が掛かりそうだ。

「失敗しちゃったけど、追い出されなかったからよかったたって思おう」

葛の部屋は広くはないが、ベランダに続く大きな窓は外の世界をガラスの向こうに見せてくれた。少しだけ、ベランダに出てみたのだがあまりの高さと建物の多さに眩暈《めまい》がして、それからはあまり窓に近付かないようにした。落ちないのはわかっているのだが、怖いという本能ばかりは止められない。

葛は足元に伏せて置いている手鏡をそっと指先でなぞった。津和の里を出る時に都杷に渡されたこの鏡は、葛が念じれば都杷と話をすることが出来るという。貰った時には使うつもりはなかったのだが、無事に新市に会えたという報告を待っているはずの里の皆に、ちゃんと教えたかったのだ。


水鏡の向こうには都杷しかおらず、千世には会えなかったが「葛は元気です」ということを伝えて貰うようお願いした。本当は櫨禅や千世の顔も見たかったが、見てしまえば里に帰りたくなるかもしれないと思い、自分の足で里に戻るまでは会うまいと決めている。その分を、伊吹が連絡してくれることになっているので、何もないことに安心してくれるとよいのだがと思った。

何人か前の住み込みの家政婦がいた時に運び込んだというベッドは、少し湿っている気がして、明日には布団を干さなくてはいけない。部屋の中にあるのは、そのベッド一つだけで、あとはクローゼットの中に何でも入れることが出来た。数少ない葛の着替えや里から持って来た細々とした日用品はすべて一つの引き出しの中に収められている。

その中で、目立つところに置かれているのが都杷から貰った香炉と瓶である。瓶は言わずもがな、葛が大きな姿を維持出来るよう三日に一度は飲むことを義務付けられている薬だ。もう一つは同じ成分を香にしたもので、この香炉を焚き続けた部屋の中にいれば、人の世界で受ける様々な弊害から心と体を守ってくれるのだと教えて貰った。

「だから葛、よくお聞き。まだ未熟なお前が人の世で偽りの姿で恙《つつが》なく過ごすためには、絶対に必要な香は途切れさせないよう、気をおつけ。着替えも人の世のものではなく、里で織られたものを身につけること。みなの神力が込められているから、いろいろなものからお前を守ってくれるはずだ」

銀粉を散らした飲み物と、小鳥が描かれた卵型の香炉。香炉の中には灰の上に銀の粒が重ねられ、淡く匂いを薫らせている。葛には木々の匂いと一緒に清々《すがすが》しい清水の匂いが感じられた。それは千世や都杷が側にいるように葛を安心させ、包み込んでくれた。確かにこの匂いのある部屋だと心安らかに眠ることが出来そうだ。

「千世様、櫨禅様、都杷様。里のみんな。葛はようやく新市さんに会えました。一緒に里に帰れるかわからないけど、わたしのことを思い出してくれるよう頑張ります」

葛と新市の同居生活は、順風満帆とは行かなかった。というのも、やはり葛が人の生活に不慣れ過ぎた部分が大きかったからだ。

「なんだあれは」

朝、洗面所から出て来た新市はベランダで洗濯物を干している葛に不機嫌そうに話し掛けた。

「あれって、どれですか？」

　パンパンとバスタオルを伸ばしていた葛はきょとんと首を傾げた。

「洗濯機だ。洗濯機にマジックで数字を書いただろう？」

　それなら覚えがある。同居を始めてかなり最初の頃に洗濯機の押し間違えで新市に迷惑を掛けた後に、スタートやコースなどを始めボタンを押す順番と機能を書き添えていたのだ。油性マジックの存在を教えてくれた万智には感謝しても仕切れない。そのおかげで、葛は洗濯機を使って失敗するということがなくなった。

　しかし、新市はお気に召さなかったらしい。

「ごめんなさい。どれを押したらいいのか覚えるために書きました。もう覚えたから、いけなかったら消します」

「……それだけじゃない。電子レンジにも書いただろう」

　確かに書いた。新市の食事は基本的に契約している弁当屋や料亭からの出前サービスだ。昼に二個持って来させた分を夜にも食べるのである。

（なんて勿体ない！）

　最初に弁当を見た時に、そのあまりにも豪勢な中身にくらりとしたものだ。里で目出度《めでた》い祝いの日に食べる御頭《おかしら》つきの魚や煮物や肉が太刀打ちできないほど立派なもので、それが毎日届けられるのだ。なんて贅沢《ぜいたく》な、と思ってしまっても仕方がない。その時に葛が思ったことと言えば、

（もしかして！　新市さんが里に戻って来なかったのはこのお料理の方がよかったから？）

　冷静に考えればそんなことはないはずなのだが、その時の葛は弁当一つにも嫉妬《しっと》したのだ。

（わ、わたしだってお味噌汁作れる。卵焼きも、おひたしも、和《あ》え物だって）

大きくなった葛に早苗は料理の仕方を教えてくれた。里にいた時に新市が好んで食べていた品である。

それはよいとして、夜に弁当を食べる時に、新市が電子レンジで温めるのをじっと見ていた葛は、お弁当の時はこれ、お汁の時はこれ、と、小さな紙に書き記し、レンジの横に張り付けたのだ。付箋紙《ふせんし》の存在は知らないのだから新聞広告の裏面が白紙のものを抜き出して、そこに書いたのだが見栄えが良くないとは葛も思っていた。

「あの、ごめんなさい。きれいな紙がなかったから、裏が白いのを使いました」

「そういうことじゃなくてだな……」

新市に困り顔をさせたくはないのだが、覚えるまではもう少し時間がかかりそうなのだ。万智のところで使っていたのと同じレンジだったら葛も何とか使えただろうが、違う種類のためさすがに簡単に操作するのは無理だった。

「お前、家事が出来るっていうのは嘘なのか？」

「違います！　嘘じゃありません。ただ、わたしが住んでいたところにはないものが多くて……。万智さんのところのとも違うから。でも、慣れます。覚えます」

葛は何度もコクコクと頷いた。電話のコール音に驚いて、電話に鍋を被せてしまったこともある。テレビからいきなり出て来た大音量と華やかな画像は、眩暈がするほど強烈だった。

「それから」

レンジにトーストを入れた新市はピッピとオーブンモードにセットすると、葛の前髪を上げ、額に手を当てた。

「ひゃっ……」

いきなり触られてびっくりした葛が目を驚きで見開いたまま見上げた新市は、

「熱はないようだな」

もう片方の手を自分の額に当てて少し不満げに呟いた。

「あの」

「昨日、少し熱っぽかっただろう？　もういいのか？」

「ど、どうしてそれを……」

知っているのかと問い掛けて、葛ははっと口を押えた。これではまるで具合が悪かったのを認めたようなものではないかと思ったからだ。

「いつもより動きがのろのろしていた。手を動かすのも億劫《おっくう》そうだったしな」

里にいる時に寝込んだ経験はほんの数回しかない。基本的に津和の里に住んでいるのは神様なので、よほどのことがない限り体調に変化を覚えることはないのだ。ただし、葛は小さく、神様としての年季もほぼ無いような状態で、体を癒す自浄作用はまだ十分ではない。そのために熱を出したり、腹を壊したりすることは他より多い。

人の世界に行けば、体を蝕むものが多いとは聞いていたが、まさか千世や都杷たちも葛が最初に体調不良になった原因が、水風呂に入ったせいだとは思うまい。

シャワーの出し方は万智や伊吹に教えて貰ったが、風呂の焚き方がわからなかった。そのため、最初の数日は水風呂で過ごしたのだ。さすがにそれでは堪えるため、今は湯を洗面器に入れて置き、水で流した後に湯を使うようにしている。浴槽の湯は使った後は流していいと言われていたので、新市は気づかなかったのだろう。

熱の方は香が齎す効果で癒され、今はほとんど平熱と変わらない。

「もう大丈夫です。お湯を使うようにしたので」

「お湯？」

顔を顰めた新市はすぐにはっとしたように顔を上げ、葛の腕をぐいと引っ張った。小柄で軽い体は、いとも簡単に新市に引き摺られて浴室へと連れて行かれた。

「どうしてシャワーや湯の使い方を知らないかはこの際置いておく。いいか、今から使い方を説明するから、しっかりと頭に叩き込め」

まさかそこまでして貰えるとは思わず、葛は大きく目を見開いた。背を向けている新市は、そんな葛に気付くことなく、カランやコックを実際に動かしながら、シャワーはこれ、水はここ、湯はこっち、浴槽に入れる時はこれというように、一つ一つを丁寧に説明した。実際には丁寧よりもぶっきらぼうだったが、以前のような関係に早く戻りたい葛には嬉しい行為だ。

「ここは水場だからな、マジックで書いたりするなよ」

「でも油性マジックはどこでも書けるって。水でも消えないいんですよ」

それくらい知ってますと胸を張る葛に、新市はにっこりと笑みを浮かべてみせた。

「それでも、だ。浴室に書いたら解雇だ」

「！」

それは困る。とても困る。

「か、書きません。もう覚えました。お湯はこっちで、シャワーはこっち。ほら」

「それくらいで威張るな。ついでだ、他のも説明するからその小さな頭に書き込んでおけ」

家電製品の使い方を教えてくれるのだと悟った葛は、この機会を逃すものかと激しく首を振った。

新市は家の中にあるたくさんの製品について説明してくれた。電話はとりあえず葛は取らなくてもいいということになっているので、音が鳴っても気にしないことにした。時々、誰かの声が聞こえてくることもあったが、気にしない方がいいのだろう。テレビのリモコンはボタンがたくさんあってわかりにくかったが、数字を押せば中身が変わるというのは理解した。これは万智のところと共通だったので覚えやすい。加湿器や空気清浄器は、後で紙を貼《は》るかマジックで書かなくては覚えられないかもしれない。エアコンはボタンを押すだけでいいと言われたので楽だった。

浴室には洗濯物を乾かす機能がついていると言われたが、ベランダに干せる時には干す方が気持ちいいと思う葛は、黙って頷くだけにした。雨の日だけ「よくしつかんそうき」を使えばいいかなと思いながら。

それから、

「電話と同じでこれが鳴っても無視していい」

と言われたのは、インターフォンだ。家政婦として葛は一日中家にいるが、家主の新市がいない時に誰かを家にあげることも、誰かとインターフォン越しの会話をする必要もないと言うのだ。確かに、宅配や弁当が届けられる時にはいつも新市が応対している。

「それに、今は知らない人間を簡単に入れるのは危険なんだ」

誰か罪人か包丁を持った人がいるのだろうかと考えたが、それもあると新市は言った。

「強盗、強姦《ごうかん》、詐欺《さぎ》、押し売り。いろいろあるからな。簡単に家に入れないのがまずは大事だ」

津和の里では絶対に出来ないことだ。櫨禅はいつもふらりと千世の屋敷を訪れるし、皆が他の人の家に上がり込むのは当たり前だったからだ。インターフォンは無視していい、何度も鳴っても絶対に出るな、気になるなら画面で確認しろと教えられ、葛は神妙に頷いた。

危害を与えられるかもしれないとわかっていて、危険人物を招待する者はいない。

一通り家の中を歩き回って説明を終えた新市は、少し冷めてしまったトーストをレンジから取り出して食事をした後、珍しく居間のソファにゆったりと腰を下ろし、雑誌を捲《めく》っている。家にいる時には、ほとんどを自分の部屋で過ごす新市にしては珍しい態度に、葛はどきどきと胸が高鳴るのを感じながら、そっと提案した。

「あ、あのお茶でもいかがですか？」

この家に家政婦として来てから、食事でも何でも一緒に摂ったことはない。本当は一緒に食卓について話をしながらごはんでも食べたいなと思っていたのだが、自分の食事だけをさっさと温めて、手早く食べるとすぐに部屋に戻る新市に、葛の方から声を掛けるのが躊躇われていたからだ。

しかし、今はもしかすると千載一遇《せんざいいちぐう》のチャンスかもしれない。

雑誌に落としていた新市の目が上がる。

「茶？　茶なんてあったか？　紅茶か？」

「持っ……じゃなくて万智さんからいただいたのがあります。わたしがお茶じゃないと慣れていないから」

万智から貰ったのは事実だし、里から持って来たものもある。日持ちのする食べ物、茶の葉や味噌、漬物も、新市に食べさせたくて一緒に持って来たのだが、仕出し弁当に気後れしたのもあり、これまで出す機会がなかったのだ。

「もし、もしよかったら飲んでください」

台所の入り口に立って割烹着の裾をぎゅっと握る葛を新市の黒い瞳が見つめ、

「そんなに言うなら貰おうか。茶を淹《い》れてくれ」

苦笑を浮かべて言った。

「は、はいっ。すぐに用意します。待っててくださいね！」

無理矢理頼み込んだ感はあるが、初めての新市からのお願いに葛はぴょんぴょん跳ねるように台所へ駆け込んだ。台所と言っても、マンションに設置のキッチンである。新市のいる居間からは、葛がうきうきと用意している姿が丸見えだ。

（やかんに火をつけて、それから急須《きゅうす》と湯呑《ゆの》み）

この家に来てから何度も自分のために淹れて来たというのに、新市に出すというだけで手つきも慎重になる。湯の沸かし方はさすがに初日、部屋に来た時に万智と前田に教えて貰って覚えたから、不安はない。

いつもの倍くらい時間を掛けてじっくりと用意した茶をお盆に乗せ、葛はしずしずと新市の前に湯呑を差し出した。

「ど、どうぞお召し上がりください。お茶菓子もあります」

「菓子？　この家にそんなものあるのか？　俺は買った覚えがないぞ」

「ここに来る時に万智さんと前田さんから貰いました。あの、新市さん……じゃなかった神森さんは甘いものは食べないから隠れて食べなさいって」

それを言葉に出してしまう葛は、隠れていたことにならないことに気がつかない。

「甘いものが好きなのか？」

「すき。あ、でもいただいたお菓子だけで十分です」

里から果物を乾燥させて作った砂糖漬けの干菓子も持って来た。新市にも食べて貰いたいと早苗と一緒にせっせと作って来たそれは、まだ葛の部屋の戸棚の中に仕舞われたままだ。

「飯は食べてるよな？」

「はい。いただいています。とっても美味しくていつもびっくりしています」

新市が頼む弁当は葛が来てから二人分になった。初日、万智の家で作って持って来た握り飯とおかずを一人で食べていたのを見られた翌日からは、既に新市によって手配済みだったのである。料理そのものは確かに美味く、不満はない。あえて言うなら量が多いくらいだったが、家事をして働いていれば自然に腹も空くもので食生活には何の不便もない。ただ思うのは、

（お味噌汁作りたいなあ）

という純然たる欲求だった。品数は少ないものの、せっかく料理の腕を磨いて来たのに、それを披露《ひろう》することが出来ないのは肩透かし気分なのだ。具を変えるだけで味もほんの少しずつ変わる薄めの味噌汁が、そろそろ懐かしくなって来た。里から持って来た味噌と漬物は、こっそりと台所の棚の中に置かせて貰っている。

「もし、何か買いたいもの、足りないものがあるなら言え。菓子でも何でもだ」

「そんなこと！　わたしはここに一緒に住むことが出来るだけで十分です」

「お前が十分でも俺が気になる。不足があって不便させるのは家主としては失格なのと同じじゃないか」

失格。それは確かに体裁のよくない響きだ。

「家政婦一人満足に養えないんじゃ、何を言われるかわかったもんじゃない。社会不適格者だとか、傲《ごう》慢《まん》だとかな」

「そんなこと言う人がいるんですか……？」

驚いた葛の瞳には信じられないという気持ちが溢れていた。葛の知る新市は、誰にでもとっつきやすく人当たりがいいとは言い難いが、傲慢と言われるほど尊大ではなかったからだ。小さな葛を壊れ物のように扱いはしなかった。だがその手はとても優しかったのを覚えている。

「まあ、俺にはどうでもいいことだけどな。絵を描くことが出来て、それがたくさんの目に留まって、高く売れればそれでいい」

絵を売ることで生計を立てることについては、葛は特に違和感なく受け入れることが出来た。田畑を耕して育てた野菜を売り歩く行商人がいるのと同じように、新市は絵という品で糧《かて》を得ているのだとわかっている。

だが、今の新市の台詞にはどこか違和感のようなものを感じていた。言うなれば、絵に対する情熱よりも、対価を得ることの方に比重が置かれているような、或《ある》いは絵を描くことが単なる収入を得るための手段になっているような、そんな感じだ。

里を出て人の世界に来た葛は、まだ新市の描いた絵を見ていない。雑誌という媒体を通しては見たことがあるが、実物はまだだった。

「あの、新市さんの……神森さんの絵はどこに行けば見ることが出来ますか？」

「俺の絵？」

「はい。わたし、こちらに出て来たら絶対に見に行くって思ってたんだけど、万智さんのお仕事が忙しくて見に行くことが出来なかったんです。美術館とか、画廊っていうところにあるんでしょう？　どうやったら見れますか？」

お茶のお代わりを注ぎながら尋ねれば、新市は目をぱちぱちと瞬《またた》かせた。

「お前、俺の絵を見たいのか？」

「はい。おっきな絵じゃなくて小さなのでもいいんです。本物じゃなくて、スケッチブックに描いたのでもなんでも。でも別に今すぐじゃなくてもいいんです」

本当は早く見たい気持ちはあるのだが、もっと慣れてからゆっくりと見に行くのでもいい。それに、一人で出かけるには外を歩く練習をしなくてはいけない。マンションの敷地の中だけ、それもゴミ出しくらいにしか出ない葛には、一人で切符を買って、一人で電車に乗るのも大冒険なのだ。小さな葛が千世の屋敷の敷地内から出るのも大仕事だったように、大きくなった葛が一人で人が大勢住む街を歩くのは、大きな勇気と準備と心構えが必要なのだ。逆に考えれば、早く絵を見に行きたければ早く人の暮らしに慣れろということでもあり、どちらにしても葛に対して悪く働く要素はない。

じっと葛の顔を見つめていた新市は、「少し待ってろ」と言うと立ち上がり、自室へ行くとすぐに三冊のスケッチブックを持って戻って来た。そのうちの一冊は他の二冊と違って古ぼけていた。葛は小さく「あ」と口を開いた。見覚えのあるそれは新市が津和の里にいる時に櫨禅が買って来たものだったからだ。

葛の目の前で新市は新しいスケッチブックを開いた。風景がたくさん描かれていたが、葛は見たことがない。津和の里でも、この街でも見たことのない風景の種明かしは実に簡単だった。

「俺がこの間まで行っていた外国の町だ。フランスの南部だな」

　大きな城は人が住まうのではなく、酒を造ったり保管したりするためにあるのだと聞き、驚いた。そこで働く人たちの表情は生き生きと描かれていて、葛は瞳を輝かせた。その一冊はまるまる全部が「ふらんすの街」の風景で埋め尽くされていた。次に開いたものはまた別の街で、今度は汽車のようなものが田んぼの中を走っているのが多かった。どちらも甲乙つけ難く、葛は何度も二つのスケッチブックを見比べた。

（新市さんの絵だ……）

　そこに葛も里のみなもいないが、のんびりと気楽な旅をしながら絵を描いていた姿が容易に想像出来るものだった。


「気に入ったか？」

「はい！　すごく」

　じゃあと新市は、今度は本棚から一冊の本を取り出した。そしてテーブルの上に開かれたのは、少し前に出版された『神森新市画集』だった。既に手元にない絵や美術館や画廊に飾られている絵も掲載されており、かなり分厚い。

　しかし、葛はページを捲りながら首を傾げてしまった。

「ひとばっかりです」

　さっきまでの明るい雰囲気や長閑さを存分に伝える風景はそこになく――いや、あるにはあるのだが、風景の中に人がいるのではなく、人に合わせて景色があるという感じなのだ。主食が人で、付け合せのたくあんが景色みたいなものだ。

　画集のほとんどはそれら人物画で占められていた。

全員が違う人間ではなく、男だったり女だったり五人くらいが入れ替わりしてはいたが、あまり変化がないように思えた。

「モデルさんですか？」

同じモデルでも万智とは違うなと思いながら尋ねると、新市は「今は三人いる」と答えた。モデルに合せて「柊《ひいらぎ》」「園《その》」「昭《あきら》」などのシリーズがあり、それらがなぜか人気なのだというのだ。大抵が五枚で一つの作品になり、好事家《こうずか》や画廊のオーナー、投資家たちは新しいシリーズが出るたびに高値を付け、喉から手が出るほど欲しがるのだとか。

確かにモデルは男女どちらも綺麗だとは思った。だが——どれもが作り物っぽくて、本物らしくない。

内心でずっと首を傾げていた葛は、最後のページを開いた。そして、目を見開く。「原点」という題名のそれにはモデルではなく、子供が描かれていた。

葛もよく知る子供だった。丸く赤い頬は饅頭を頬張って丸く膨らみ、目は生き生きと輝いた小さな子供のあどけない笑顔。面影は確かに残っている。

（わたしだ……わたしがいる）

誌面に載る絵を見る限り、そんなに大きなものではない。隣に立つ背広姿の新市と比べてみればすぐにわかるが、スケッチブックにそのまま色を付けただけのような感じだ。だが、それだけは画集の中で一番輝いて見えた。猛烈に見たいという欲求が葛の中に芽生える。

「こ、この絵はどこにあるんですか？　どこに行けば見れるんですか？」

「これか？　これを見たいのか？」

葛はコクコクと何度も大きく頷いた。

新市は少し考えるように首を傾げ、すぐに立ち上がると、ちょいちょいと葛を手招きした。湯呑を置いた葛は廊下を進む新市の後を小走りについていった。

新市が招き入れたのは仕事場にしている部屋とは別の寝室で、初めて中に入る葛は遠慮がちに足を踏み入れた。大きなベッドの上の布団は少ししわくちゃで、薄いカーテンが引かれている部屋の中は、ぼんやりとした光に包まれている。枕元には電灯と読みかけの本が一冊、寝巻は申し訳程度に畳まれて上にぽんと置かれている。

(洗わなくていいのかな?)

下着や肌着も靴下も全部葛が洗濯しているのだ。今更という気もして、自然に葛は寝巻に手を伸ばし、丁寧に畳み直した。そんな葛を横目でちらと見やった新市は、いきなりどっかりとベッドに背を預けるようにして座った。

足を伸ばし、腹の上に手を組んで、ゆったりと寛《くつろ》ぐ新市は、口の端を上げて目線で葛に示した。あれを見ろ、と。

指示されるまま何の気なしに顔をベッドの反対側の壁——入り口の横に向けた葛は、「あ」と小さく声を上げた。

「絵が……こんなところにあったんだ……」

そこにはまさに葛が見たいと望んでいた「小さな葛」がいた。思わずふらりと動き出した葛に、

「近くで見るのはいいが、触るなよ。触ったら追い出す」

きつくはないが厳格な命令を伴った新市の声が掛けられる。触りたい、触って確かめたいという気持ちはあるが、それをぐっと我慢して葛は絵の真正面に立ち、じっと見つめた。

大きさはさっき見せてもらった画集よりも少し大きいくらいだから、大きなものではない。同じ画集

の中にあった人物シリーズが結構大きなサイズだったのを思えば、本当に小さなものだ。

だが、そこには生があった。息吹《いぶき》が感じられた。今にも声が聞こえて来そうで、今にも里の匂いや生活音が伝わって来そうなそんな一枚の画だ。

「――とっても、とっても好きです。この絵は優しくて――わたし、好きです」

それ以外に何と伝えればいいのか。優しくて――懐かしいという言葉は、里の記憶を失くしている新市の前で言うことは出来なかった。代わりに何度も心の中で繰り返す。

(新市さんとわたしが一緒にいる)

絵の中に新市の姿はないけれど、新市はちゃんと葛の前にいたのだ。

幸せな時間は確かにあったのだと、そう思える情感がこの一枚の絵には込められていた。絵について詳しくない葛だが、これだけは断言できる。人の世界に戻って色を塗りながら、新市の心はまだ里を忘れていなかったのだ、と。それが嬉しかった。無意識にでも覚えていてくれるのなら、いずれ自分のことも思い出して貰えるかもしれないという期待も大きくなる。

「毎朝起きた時、それから寝る前、何かをしている時、この絵を見ているととても落ち着く。ただの子供の顔なのに、見ているだけで癒される」

新市は絵を見つめながら言った。

「この絵の後に何枚も何枚も人物画を描いて来たが、これよりも高い評価を貰ったものはない。いや、評価はどうでもいいんだが、誰からも支持されるのはこれだけだ」

大きな賞を獲ったにもかかわらず、新市が寝室にこの絵を飾るのはそんな理由があるらしい。本来ならもっと厳重に保管をしておくべきもので、付き合いのある画商やマネージメントをしている友人からも、どこか信頼のおける美術品専用保管庫か銀行に預けてはと、ここ二年ずっと言われ続けている新市は、それでもこれだけは手元に置くと譲らない。

「まさに原点だ。この絵があるから今の俺がある」

「だからなんですね、このお部屋に入っちゃいけなかったのは」

それなら説明してくれれば触らずに鑑賞するだけに留めたのにと少しの非難を込めて振り返れば、新市は肩を竦めた。

「持ち出されかけたことがあれば、慎重にもなるさ。今は壁から少しでも離せば警備員が飛んでくるようになっている」

葛の前に何人かいた家政婦の中には、この絵を盗んで売ろうと思った者もいたらしい。中にはご丁寧に偽物とすり替えることまで画策したものもいたそうだが、幸いなことにどれも未遂に終わっている。どちらにしても手癖の悪い人を雇い入れることは出来ず、かと言って自称知人や恩人らから押し付けられる人手もいらないところに、前田と万智からの申し出があったというわけだ。前田にしてみれば、大事な絵を自宅に置くのだから清潔な環境であって欲しいという願いがあったのは否めない。

「わたし、取りません。見るだけでいいです」

もしもくれるというのなら喜んで貰い受けるが、新市は絶対に手放さないことを知っている。だったら、新市と二人でずっと見ていられる方がよほどいい。

「だから、もしもよければ、新市さん……神森さんがいる時でいいからこの絵を見せて貰ってもいいですか？」

「そんなに気に入ったのか？」

葛は大きく頷いた。これは大切な思い出であり、過去の記録なのだ。そして、未来へ繋がる光を与えてくれる絵でもある。新市が葛に残したスケッチブックに残されていた多くの絵同様、二人の間を繋ぐ大事なものなのだ。

「俺がいる時ならいいぞ」

「はい。ありがとうございます」

「それならついでに掃除も頼む」

葛ははっとした。それは条件付きでもこの部屋に入ってよいということだろうか。

「掃除くらいは自分でも出来るが、前田が煩いからな」

「はい！　一生懸命頑張ります」

葛は深く頭を下げた。これからも小さな葛に会うことが出来る喜びに胸が満たされるのを感じながら、これだけはと新市に言った。

「あの、この寝巻、洗濯させてもらってもいいですか？」


少しずつ生活の中で新市との会話も増えて行った。

新市は、時々ふらりと外に出て、夕方に帰って来ることもあったが、そんな時には体から絵具の匂いがしたので「外の仕事場」に行っているのだとわかった。マンションにいる時にたまにスケッチブックを開いてはいるが、それは仕事というよりは趣味や暇つぶしみたいなものだと本人が言っていた。掃除をする傍ら、新市の背後から絵を覗《のぞ》き込んだりするのだが、見えるのはいつも風景だった。そこに時々人が混じるくらいで、曖昧《あいまい》な輪郭のものが多い。

ただ、都会風の建物が一つもない自然に囲まれたその景色は葛には見慣れた里のもので、もしや思い出したのかと何度も様子を窺ったものだ。しかし期待に反し、新市はただ頭の中に残っているものを描き出しているだけで、それが何なのかはわからないというのだ。

「わかりたくて描いているのかもな」

それにこの絵を描いている時には心が落ち着くのだと。

確かにそれはあると葛も思った。外の仕事場――アトリエから帰って来る新市は不機嫌な時もあり、そう言う時には帰宅後しばらくは自室に籠って出て来ない場合が多かった。小さな葛の絵を見て、何枚も絵を描いて自分を落ち着けて、それから部屋から出て来るのだ。葛に出来ることは声を掛けることではなく、新市のために温かい味噌汁とおかずを用意するくらいだ。

仕出し屋の弁当に葛の作る味噌汁と漬物、緑茶が添えられるようになり、食卓は少しだけ明るくなった。レンジで温めるのは相変わらずでも、夕方の台所に湯気の立つ鍋や包丁を使うトントンという音が響くのは、気分的にもよかった。

ほとんどこの部屋から出ることなく過ごす葛ではあったが、もしかするとこの夕方から夜の新市と少しだけゆっくり出来る時間が一番嬉しかったかもしれない。

マンションから歩いて十分ほど離れたアトリエにも連れて行って貰えた。画集の人物シリーズは既に売られて各々オーナーの手元にあるが、それ以外の描きかけの絵や完成したものの数点はアトリエに置かれているのだ。

一戸建ての住居が並ぶ中の一軒家、それがアトリエだった。元々新市はこちらの家に住んでいたのだだが、絵を置く場所がなくなって来たのと警備上の問題から、住まいのみを近くに移すことにしたらしい。

かつては普通の間取りだった家は、リフォームの結果、空調設備と大きな空間を備えた一つの仕事場に変わっていた。それが完成したのが新市がヨーロッパから帰国する少し前で、それらの説明を葛は一つ一つ頷きながら聞いていた。

「それ、暑くないのか？」

家事をする時に着ていた割烹着だけを脱いで、草履を履いて隣を歩く葛に尋ねる新市は、夏ということもあり半袖に非常に楽な格好をしている。

「大丈夫です。着慣れていると楽なんですよ」

にこにこと返す葛は水筒と弁当箱を抱えていた。

出入りを記録するため、門の開閉はその都度《つど》警備会社にチェックされ、敷地内の各所には防犯カメラが設置されているという徹底ぶりなのは、トラブルや事件が起こることを防ぐ意味で有効なのだと新市は説明した。

（里とは大違い……）

津和の里では誰もが気軽に出入りしていた。だがそれも互いの信頼があってのことで、

「金目当て、作品目当て、体目当て、玉の輿狙《こしねら》い、いろいろ理由はあるからな。先手を打つのが生き残るコツだ」

そう言った新市の横顔は面白くなさそうで、葛は胸を痛めた。描いている間だけは没頭して自由なのだと言う。

「好きな時に好きなものを描く。贅沢だと言われるし、俺自身もそう思うこともある。だけど、俺から描くことを取ったら何も残らないだろう？　だから描くしかないんだ」

「描くのは楽しいですか？」

「楽しいぞ。好きな絵を描くのは楽しい」

「？　嫌いな絵もあるんですか？」

「最近、そういうのがあるような気がする。向き不向きだな、きっと。たとえばお前が未だに電子レンジをうまく扱えないのに、テレビだけは録画まで操作できるようになったのと同じようなものだ」

「だって！　テレビは新市さんが映るから、ろくがっていうのをした方がいいって万智さんが」

だから必死に覚えたのだ。若手の画家として名が売れているだけでなく、外見もアイドルや芸能人並みのルックスを持つ新市は、時々テレビに出ることもある。美術番組ではなく、バラエティというのは本人は気に食わないが、仕事のやり繰りをしているマネージャー役の友人が押えてしまうのだから、仕方ないと諦めていると言っていた。

「話題が大事なんだと、やつによれば。絵描きはまずほとんど表に出ないからな。出るとしても美術雑誌みたいな、関係のあるやつだけだ」

しかし、もっと新市が表に出れば知名度もあがり、絵も売れるとマネージャーの小暮は力説しているのだという。

「確かに、奴の言う通りに金は稼げる。絵も売れる。金があれば好きなことは何でも出来る。この間みたいに外国に旅行にも行ける」

「楽しくないですか？」

新市は肩を竦めた。

「さあな。その時はきっと楽しいんだろう。だが、金だけあってもなあ」

葛はアトリエの中をぐるりと見回した。天井も高く、壁にはたくさんの絵が並べて置かれている。イーゼルという木の台もいくつもあった。たくさんの筆と絵具、まだ新しい家の匂いに絵の匂いが混じっている。

「わたし、お金のことはよくわかりません。でも新市さんが楽しくなれるならあってもいいと思います。おいしいものをたくさん食べたり、絵の具をたくさん買ったり、わからないけど、いっぱい色があるんでしょう？　筆だってこんなに。だったらいくらあっても足りないですよね」

葛の中の貨幣の価値は低くはないが高くもない。里を出てから自分で買い物をしたのは、電車に乗った時の切符と伊吹に教えて貰った自動販売機のジュースが初めてで、それ以外には何に使っていいのかまだ把握出来ていないのだ。漬物がなくなれば材料は必要だし、味噌汁の具も何かあればいいなと思う。ただ、欲しいと思ったものを新市に言えば次の日には用意されているため、一人で買い物に出掛ける機会を持たずにいる現状だ。

アトリエの中でしばらくキャンバスを動かしていた新市の片づけがまだ終わらないと見た葛は、新市の許可を貰って掃除を始めた。

簡単な箒《ほうき》と塵《ちり》取りが用意されているのは幸いで、雑巾まであるならすることはもう決まったも同然。

リフォームしたばかりの家は汚れとは無縁だったが、人が住んでいるのではない建物はやはり埃も溜まる。ましてや新市が自分で掃除をするとは思えず、

（わたしの出番ですね）

と葛は張り切った。特に念を入れたのは庭だった。玄関や門の前は丁寧に掃く。神森新市の仕事場が外から見て雑然としているようでは駄目だと思ったのだ。箒を手にさっさと動かしている葛を、門の向こうを通り過ぎる人たちが不思議そうに眺めて行く。画家の神森先生の仕事場だと近所の人は知っていても、初めて見る若い青年とは結びつかなかったから

だろう。

「こんにちは」

葛は一人一人に丁寧に挨拶をした。新市に世話になっている自分が挨拶一つ出来ない子だと思われるのがいやだったのと、日頃里でみなに可愛がられていた葛には、近くに住んでいる人たちは、仲良くしなければならない隣人という位置にあったからだ。

（お外、気持ちいい）

久しぶりの外が気持ちよく、葛は空を見上げた。マンションのベランダからも空は見えるが、どうしても範囲が狭い。遠くを見ることは出来ても、上の方はどこか窮屈な感じがしていたのだ。だが、このアトリエは違う。門から小さな庭に回ると、申し訳程度に芝生が生えた庭があった。小さなものだが、ベランダに比べれば遥かに広く、開放的だ。

箒と塵取りを置いた葛はそこで大きく伸びをした。隅の方には金木犀《きんもくせい》と柊が立ち、隣の家の屋根の上では猫が昼寝し、電線にはスズメや鴉が止まっている。

掃除を終えた葛が部屋に戻ると、ちょうど新市も片づけを終わらせたところで、二人はそのまままたマンションへ戻って来た。行きには気がつかなかったが、途中にはコンビニもあり、簡単な買い物はここでも出来ると教えて貰った。

「本当に近いんですね」

「引っ越す条件がアトリエの近くだったからな。新築の話が出た時にすぐに部屋を押さえたんだ。小暮……俺のマネージャーで友人だが、奴《やつ》なんかは、もっといいマンションに移って車で通えって煩かったんだけどな、慣れたところの方がいいと説き伏せた」

「わかります。わたしでもそうすると思う」

「何より、近いのがいい。一時間もかけて通うのを考えれば、まだあのアトリエにそのまま住み着いた方がましだ」

　実際に、引っ越すまでは一軒家だったのだから、遠くに引っ越すくらいならリフォームそのものを取りやめると言って、反論を封じ込めたらしい。

「俺のことを考えてはいるんだろうが、どうも小暮は無駄遣いが多過ぎる。ここもいい値がする方なんだが、奴にはお気に召さなかったらしい」

「もっといいとこがあるんですか？」

「理想はある。もっと広い土地と家、それから静かな場所があればいっそそっちに越すんだが」

「いけないんですか？」

「付き合いがいろいろあるからな、そうそう引っ込んでばかりもいられない。どうせ引っ張り出されて何時間もかけてスタジオにつれて来られて、いやいや対談なんかさせられるくらいなら、まだ近場でさっと終わらせた方がいい」

「へえ、忙しいんですね。わたし、絵描きさんは一日中ずっと絵を描いているんだと思っていました」

「そういう時もある。描きたいものが閃《ひらめ》けば描くし、何かを描きたくなったらその何かを探すために描くこともある。まあ、今は頼まれて描くことの方が多いな」

　例の人物シリーズがそれだと新市は苦笑し、ソファの背もたれに上半身を預けるようにして天井を仰いだ。前髪がはらりと後ろに流れ、額が露《あら》わになる。ローテーブルの前に正座して座る葛からは横顔しか見えず、あまり気乗りがしないのではないかと思われた。

「今度の絵も、人の絵なんですか？」

「ああ。もうすぐ取り掛かる」

「そうですか……。そうしたら毎日お仕事に行きますね」

今は新市曰くの「リフレッシュ中」のため、仕事らしい仕事はせずに気ままに何かを描いて日々を送っていた。アトリエにも行くが、最初の頃には考えられないくらい会話も交わすようになった。それが嬉しくて、楽しみだったのになくなってしまう。

眉をへにゃりと下げた葛は、お盆を胸に抱えたまま俯いた。跳ねた髪の毛先まで一緒にくたりとなってしまったように見える。

「——まああれだ」

その葛の頭の上にふわりと乗せられたものがある。はっと顔を上げれば新市が伸ばした手を髪の上で弾むように何度も軽くポンポンとした。

「少し帰りが遅くなるかもしれないが、そこまで極端じゃない。飯も食うし、風呂にも入る。寝床はここにしかないからな」

「夜は遅いですか?」

「気が乗らなかったら早い。気が乗れば夜中までいることもあるかもしれない。ただ、俺だけがいるんじゃないからな。モデルとの契約時間もある。夜中まで掛かることはないはずだ」

それを聞いて葛は安心した。たしかに広さなら千世の家の方がマンションよりも広いのだが、広さの問題ではなく、部屋に誰もいなければ閉じ込められた気分になって、どこか息苦しくて窮屈だ。昼なら窓を開ければ景色も見え、鳥の声や他の生活音も聞こえる。だが夜にはそれがない。灯は見えても決して本当の意味で明るくはならない。それが都会の夜だと葛は思っている。

「……わかりました。わたしはおうちの中のことで頑張ります」

「朝と夜の飯はここで食うからな。あ、ちょっと待てよ」

新市は棚の上から電話機をコードごと引っ張って来ると床に置き、それから自分は携帯電話を持って廊下に出て行った。何か用事でもあったのだろうかと待つ葛だったが、いきなり電話が鳴り始めたことにビクッと体を揺らした。そんなに甲高い音でもないはずなのに、どうにもこの電子音というものが苦手で堪らないのだ。

「し、神森さん。電話です」

家主がいなければ出ない電話でも、本人がいるのなら出て貰わなくてはと声を掛けると、戻って来た新市は携帯を耳に当てながら、鳴り続ける電話を指差した。

「取って見ろよ」

「え？　でも取ったら駄目って」

「いいから」

いつもならしばらくすると止まるはずの呼び出し音は止まる気配がなく、葛は恐る恐る受話器を取り上げ、耳に当てた。そして困惑する。取り上げたはいいが、何と応答してよいかまるで考えてなかったことに気づいたからだ。

「あ、あの」

どうしようかとおろおろする葛だったが、

「俺だ」

受話器から聞こえて来た声に、思わず本人を凝視してしまった。

「新市さん？」

「そう、俺だ」

耳に当てると新市の笑い声が聞こえ、本物と偽物の二つの笑い声に葛は拗《す》ねたように口を尖《とが》らせた。

「練習だ。これから電話も取って貰うつもりだから、慣れておく必要があるだろう？」

「わたしが？　わたしが電話を取っていいんですか？」

「決まったものだけな」

　新市は葛の横に膝をつくと、受話器を戻させて何度かボタンを押した。葛には何をしているのかまるでわからない指の動きだったが、

「これから流れる音で掛かって来たら俺からだ」

　話しながら新市は携帯を操作し、電話を鳴らした。呼び出し音は「もりのくまさん」という可愛らしい名前の音楽で、葛は自然に櫨禅を思い出していた。それからもう一つは、鳥の鳴き声のする音だった。

「最初のは俺が掛けた合図だ。二つ目のは弁当屋が来た合図。俺がいない時に弁当屋が来たら受け取っておいてくれ」

　それからと新市は、葛の指を摑んだ。いきなり手を取られて驚きに固まる葛の前で、新市は自分が握る葛の指を使って、電話機のボタンを何度か押した。するとすぐに携帯電話の方から音がする。それを繰り返すうちに、何がしたいのか葛にもわかって来る。

「覚えたか？　何かあった時には、今の順番でボタンを押して電話をかければいい。俺の携帯に繫がる」

「わたしが掛けてもいいんですか？」

「そのつもりで教えたんだ。登録名はしんいちさん、だ」

　はっと目を見開いた葛に新市は苦笑する。

「お前、いつも言い直しているじゃないか。それなら、いっそ馴染んでいるものの方がいいだろう？」

「はい。あ、ごめんなさい。神森さん」

「新市でいい」

「え？」

「しんいちさん、でいい」

「いいんですか？　本当に？」

「ああ。俺ももう聞きなれた。だから、しんいちさ

んのかけ方、覚えろよ」

「が、頑張って覚えます！」

それから、と新市は鍵《かぎ》を葛の手のひらに乗せた。

少しゴツゴツとした鍵は葛の知る鍵とはちょっと違っていた。見掛けに反して結構軽く、そのことに驚きながらまじまじと見つめていると、

「それがこの家の鍵。マンションの中に入る時とこの家に入る時に使う。まさかとは思うが、鍵の使い方を知らないわけじゃないだろうな？」

固まったまま動かない葛が戸惑っていると勘違いしたのか、実に不審な目で見つめられ、葛は慌てて首を横に振った。

「わかります。鍵穴に入れて回すだけですよね？それならわたしもだいじょうぶです」

自信たっぷりに胸を張る葛だったが、多くの失敗を目にしている新市には若干不安に思われたらしい。

少し待ってろと言い置いて自室に向かった新市は、すぐに手に紐《ひも》を持って戻って来た。葛の目の前で鍵に紐を通した新市は、そのまま葛の首に掛けた。

「これならいくらなんでも落とさないだろう。これで落とすなら家政婦失格だ」

「落としません！　絶対に落としません！」

大慌てで鍵を握り締める葛は、絶対に返すものかと意思を込めて新市を見返した。

「誰かに貸すのも駄目だぞ。絶対に俺以外の誰にも貸したり渡したりするな」

もちろんですと何度も頷く。

「紐はそこらにあったのを適当に使っただけだから、そのうちもっと丈夫でいいのを買って来てやる」

「そんな……これでいいですよ」

「俺が心配なんだよ。切れない丈夫なやつがいいだろうな。チェーンは……絶対に似合わないな」

葛を眺めながら独り言をつぶやく新市の頭の中では、すでに新しい紐を調達することで決定しているようだ。

後日、外出して来ると言って出掛けた新市は、約束通り鍵を通す紐を手土産に帰って来た。鶯色と薄黄色の絹を編み上げて作られた組紐に銀色の鍵がぶら下がる。

「ほら」

頭から掛けて貰った葛は肩から首に掛かる軽い重さに、ほうと感嘆の息を零した。軽くてとてもよく馴染む色だと思った。葛が普段着ている少しくすんだ色の着物にもよく馴染む。

「ああ、やっぱりお前にはそれがいいな。赤やオレンジの方が目立って失くさないとは思ったんだが、こっちで十分だ」

選定眼に満足したのか、新市の視線は何度も葛の頭からつま先までを往復した。それが恥ずかしくて、鍵を見るふりをして俯いてしまう葛の口元は緩みっぱなしだった。

(新市さんが買ってくれた！　わたしのために買ってくれた！)

津和の里まで会いに来るという約束は忘れているが、今この時の約束はちゃんと覚えて実行してくれる。それが何より葛には嬉しかった。もしも約束を忘れていなかったのだとしたら、絶対に会いに来てくれたはずだと信じることが出来る。

「絶対に外しません！」

「外せ」

ええーっという顔をした葛の額を新市の指が弾く。

「風呂に入る時くらいは外せ。丈夫らしいがさすがに風呂に入る時は駄目だろ。チェーンならまだしも。それともチェーンにするか？　鎖。太くて重いやつ」

「やです。これがいい」

取られまいと葛は慌てて袷の内側に仕舞い込み、ぎゅっと押さえた。新市には鍵のおまけなのかもしれないが、葛には嬉しい贈り物なのだ。

その夜、風呂から上がって寝る前。鏡の向こうの都杷に向かって、新市に貰ったと鍵と紐を見せる葛のにこやかで幸せな笑顔があった。


必然的に葛の外出も増えた。増えたと言っても、近所に買い物に行くくらいだが、それすらも大冒険だったのだ。今まではちょっとしたものだったら新市が買って来てくれたが、これからは洗濯の途中で洗剤がなくなっても自分で買いに行かなくてはいけない。味噌汁の具も出来ればもう少し増やしたい。

そんな葛の控え目な願いは新市にとっては取るに足らないもので、肩から下げるガマ口型の財布を買って貰った葛は、それを肩から掛けて喜んで買い物に出掛けるのが楽しみになった。コンビニで初めて買い物をする時には新市が付きあってくれたが、今度からは一人でも行くのだ。近所なので道に迷うことはない——と言いたいところだが、そこは葛なので迷子にもなる。

二度ほど迷ったが、たまたま通りかかった親切な警官にマンションまで連れて行って貰ったし、もう一回は何故か入り込んでしまった先で見つけた古い商店街で、放課後の時間を遊んでいた子供に案内して貰った。とても恥ずかしかったが、おいしい豆腐屋と野菜屋を教えて貰えたから幸運だった。里のみんなにも食べて貰いたいと思いながら買った油揚げは、その夜、早速味噌汁の具になり、新市に「うまい」と言わせることに成功した。

今は忘れていてもいい。今の幸せな時が続けば、きっと新市は自分のことを思い出してくれる——。葛の願いは変わらない。新市に会うだけで満足だとはもう言えなかった。会ってしまったらその先を求めたくなる。もっと笑い掛けて欲しい。もっと声を掛けて欲しい。失敗を叱る声も、寝起きの不機嫌な声も、全部が葛のものだった。

だから、そこに誰かが入り込むとは思いもしなかったのだ。

その日、葛は新市に頼まれて昼食をアトリエまで運んだ。その頃には、仕出し弁当も夜の分だけになり、昼は葛が作って運ぶのが当たり前になっていた。

「これ、豆腐屋のおばあちゃんご自慢のおいなりさんです」

重箱にいなり寿司と山菜のおひたし、それに鶏肉の煮物を入れただけの簡単な食事だが、これを作れるようになっただけでもかなりの進歩だった。ガスコンロ——スイッチを押すだけのコンロなので何とか葛にも扱えたのは、留守を任せる新市にも幸いだったと思われる。

「わかった。少し待っててくれ。すぐに終わる」

葛が来る直前に運び込まれたキャンバスを整理していた新市に言われるまま、葛は台所に向かった。台所と言っても小さな部屋である。元の台所に冷蔵庫とテーブルが置かれただけの簡素なものだ。椅子にしても、丸い木の椅子で柔らかみも何もない。だが、たとえ床の上だろうと地面の上だろうと、新市と一緒にいる時間が増えるだけで、葛には嬉しいことだった。

重箱の蓋をあけ、箸《はし》を置き、水筒からお茶を注いで待つ。いなり寿司の少し甘酢っぱい匂いは食欲を強く刺激するものだった。

「新市さん、まだかな」

大人しく椅子に座って待っていると、家の中に外からの呼び出し音――インターフォンの音が鳴り響いた。葛がアトリエに来ている時に誰か他人が来たことはなかったため驚いたが、新市には来客が誰なのかすぐにわかったらしく、部屋の壁のモニターを操作し、思った通りの人物の顔が映っていることにうんざりとした表情で溜息をついた。

「何の用だ？　――あ？　約束は明後日だっただろう？　こっちの都合を無視するな……は？　知るかそんなこと。お前が勝手にしたんだろうが。……ああ、もういい。わかった」

嫌そうなのを隠そうともしない態度でモニターを操作して門を開けた新市は、台所から顔だけ出して様子を窺っていた葛へ顔を向けた。

「予定外の来客が二人だ」

「あ、それじゃあわたし、帰りますね。お茶が足りないようだったら、あとから持って来ますけど、どっちがいいですか？」

「茶なんか出す必要もない。予定外の客だと言っただろう？　向こうも気にしないさ」

軽く肩を竦めた新市は、しかし「ふむ」と考える仕草を見せた。

「お前は出て来ない方がいいかもしれないな。奴――小暮は前田さんや冴島とは馬が合わないんだ。冴島の紹介だとわかれば、嫌味の一つでも言われかねない」

「仲が悪いんですか？」

「冴島の活躍が羨《うらや》ましいんだろ。冴島が所属している事務所の方が大きい上に、相手にされてないからな。勝手にライバル心を燃やしているんだ。絵描きとモデル、畑違いなのをわかっちゃいない」

話しぶりから察するに、友人ではあるが新市と小暮の仲も良好とは言えなさそうだ。

「わかりました。じゃあ、新市さんがお話ししている間にこっそり帰りますね」

友達なら挨拶をと思っていたが、それもしない方がいいと言われれば従った方がいい。

「おいなりさんは夜でも大丈夫なので、おなか減ったら食べてください」

「ああ、悪いな。――あ、来た」

葛は慌てて台所に引っ込んだ。新市がいるアトリエ側の部屋に続く扉とは別に、もう一つ廊下側からも入れるようになっている作りなので、見られることなく出られる――そう考えていたのだ。

（お話が始まったらすぐに出よう）

熱中している時なら多少足音がしても気づかれないだろうと思った葛は、重箱の蓋を閉めて、注いでいたお茶をもう一度水筒の中に戻した。少し温《ぬる》くなるかもしれないが、喉《のど》を潤す分には大丈夫のはずだ。もしも熱いのが欲しくなれば、きっと新市は電話を掛けるだろう。

そして外に出る機会を窺っていた葛の耳に、バタバタという足音と新市より少し高い男の声が聞こえた。

「神森、帰国したなら連絡しろと言っただろう」

「それは悪かったな。だが俺の休暇はまだ二日残ってるはずだぞ」

「電源も切っていただろう。メールにも無反応だ。

お前が帰って来ていると他の奴に聞かされて恥をかいたじゃないか」

「恥？　どうして恥になるかわからないな。お前の耳に入った。それだけで何か不満でも？」

「当たり前だ。俺はお前のマネージャーなんだぞ。予定も知らないのかと馬鹿にされるだろうが。いいか神森、今度から何かする時には俺に一言言ってからにしろ。好き勝手やられると都合が悪い」

「都合？　それはお前の都合であって俺の都合じゃない。マネージャーなら俺の都合を優先すべきだろう」

「お前に任せていたら纏まる話も纏まらないじゃないか。俺がどれだけ多方面に頭を下げて回ってると思ってるんだ。テレビも雑誌も写真も」

新市は何も答えなかったが、いつものように軽く肩を竦めたのだろうことは葛にはわかった。


（あんまりいいお話じゃないみたい。お友達だって言ってたけど）

口喧嘩《げんか》する友達と言えば、千世や櫨禅をすぐに思い浮かべるが、普段は仲のよい彼らの口論と新市たちのやりとりは違う気がした。例《たと》えるなら、千世たちが熱くぶつかり合っているのに対し、お互いが壁に跳ね返し合っているようなものだ。しかし、葛がここで出て行っても何も力になることは出来ない。逆に、悪化させかねない。

（新市さん、先に帰りますね）

葛はそっと台所を抜け出した。持って来た荷物はテーブルの上なので体一つで帰るだけだ。背後に話し声を聞きながら、引き戸に手を掛けたその時、

「あ」

葛が力を入れる前に外側から引かれて慌てて転びそうになる。相手の方もまさか中から人が出て来る

とは思わなかったようで、黒い睫毛《まつげ》に縁取られた目を大きく見開いた後、

「泥棒！」

いきなり大きな声で叫び出した。

「ちょっと！　ここに泥棒がいるわよ！」

「わ、わたし、ち……ちがいます。どろぼうじゃ……痛いっ」

驚いたものの、さすがに泥棒扱いされて黙っていられるわけもなく反論しようとするが、それよりも爪の長い女の手で腕を握られてしまい、思わず悲鳴が漏れる。

「白々しい。絵を盗みに来たんでしょ！　小暮さん！　先生！　早く来てちょうだい！」

逃れようとするも、葛よりも身長も体格も勝る女の力は強く、玄関先で動けなくなってしまう。そうこうしているうちに、叫び声を聞いた小暮が慌てた様子で駆け付けて来た。

「泥棒だって!?」

眼鏡を掛けた男が葛をきつい表情で見下ろす。

「そうなのよ、小暮さん。こいつ、こっそり出て行こうとしてた」

「警察だな」

胸元から携帯電話を取り出した小暮だが、

「こいつは違う。通報するな」

女に捕まえられた葛を見て驚いていた新市は不快気に眉を顰めると、女の腕から引き離した葛を自分の方へ引き寄せながら、小暮の腕を押さえた。

「新市さん……」

不安に震える葛を腕の中に囲って小さく頷いた新市は、

「セキュリティが万全なここに勝手に入れるわけがないだろう。俺が連れて来たんだ」

実際には昼飯を持った葛が後からやって来たのだが、葛への追及と批判を逸らすためにあえてそう言った。自分が連れて来たのだから問題はないだろうと。しかし、それを聞いて眉を吊《つ》り上げたのは小暮と女だ。

「神森！　お前、こんな子供を連れ込んでいるのか！　記事にされたらどうするんだ。いや、身元は確かなのか？　お前が騙《だま》されているってことはないのか？」

「そうよ。未成年に手を出したなんて雑誌にでも書かれたら先生の経歴に傷がつくわ」

納得すると思いきや、逆に新市に詰め寄る始末。

（あ、だから新市さん、会わない方がいいって言ったのかも）

万智や前田の知り合い云々《うんぬん》の前に、そもそも新市が誰かを側に置いているのが気に入らないのだろう。

「煩い。俺が誰を連れて来ようがお前たちには関係ない。口出しするな」

「神森、お前、俺はお前のマネージャーだぞ？」

「マネージャーだからと言って私生活にまで口を出されるのはごめんだ。それよりも」

新市は未だに葛を不愉快そうに見下ろす長身の女に向けて顎でしゃくった。

「俺にとってはそいつの方が不法侵入者なんだがな」

「な……っ」

まるで自分を知らないのかと言うように女の目と赤い唇が大きく開かれたが、すぐにきつい目が小暮に向けられる。

「小暮さん、ちょっとどういうこと？　私のことは先生もご存知だって言ってたじゃない」

「いや、ちゃんと伝えていますよ。神森、この方が間島《まじま》カンナさんだ。お前の次のシリーズのモデルになってくださる。ちゃんと電話で話しただろう？」

「あ？　ああ、モデルか。写真と違っていたからわからなかった」

再び不機嫌に顰められたモデルの眉は、しかしすぐに開かれた。

「初めまして、神森先生。先生の新作シリーズのモデルをさせていただく間島カンナです。私、前から先生の作品には興味持っていたのよ。モデルに選んでいただいて光栄だわ。私が引き受けたからには売れるのは当然として、シリーズ最高傑作が出来るよう精一杯務めさせていただくわ」

話している内容は新市を持ち上げているように見えるが、よく聞けば自分がモデルになるのだから話題になるのは間違いなしと言っているようなものである。その自信ぶりは葛にも伝わるくらいだから、当然新市にもわかっているはずだ。

「選んだのは俺じゃない。礼なら小暮に言えばいい。それから」

話しながら新市は葛の背を押して引き戸を開け、外に出た。

「お喋りなモデルはいらない。黙ってポーズをとることが出来ないなら今すぐ誰かと交代してくれ」

背後で息を呑む気配が伝わったが、カッと頬を赤く染めた間島の顔を葛が見ることはなかった。外に出た新市がすぐにピシャリと格子戸を閉めて遮断したためで、尖った空気に息がつまりそうだった葛はほっと肩から力を抜いた。その葛の背を押して新市が門へ向かう。

「気分はどうだ？」

「え？　わたしですか？」

門の前で立ち止まった新市の問いかけに、葛は首を傾げた。

「気分は悪くないです」

「そうか？　だが顔色がよくないぞ」

そうだろうかと自分の頬に手を当てても熱っぽさはない。その手の上に自分のものではない大きな手が重ねられる。

「熱じゃない。逆だ。顔色が悪い。あいつらの毒気に当てられたんじゃないか？」

毒気。言い得て妙ではあった。

「匂いが……ちょっときつかったかなとは思いました」

「あの女の香水か。確かにきつかったな」

「わたし、ああいうのにはあんまり慣れなくて……」

人の世界では華やかでよい香りなのかもしれないが、自然の中で育って来た葛には人工的な材料が多く配合された香水は、鼻というよりも長く嗅《か》いでいれば頭痛をも引き起こすものだった。幸い、すぐに新市が引き離してくれたから良かったものの、長時間間島カンナというモデルと一緒の部屋にいるのは無理だと直感で悟った。

「わたし、しばらく来ない方がいいですか？」

「どうしてだ？」

「だって、あの女の人、わたしのことあんまりよく思ってないみたいでしょう？　それに部屋の中に匂いが」

「モデルに香水は不要だからやめさせる。お前が来なくなったら俺の弁当がないだろう。それに、間島の方もずっといるわけじゃない」

「そうなんですか？」

「ああ。下絵さえ出来てしまえば後はいらん」

身も蓋もない言い方をした新市は、すっと葛の頭の上に鼻を近づけた。

「な、なにしてるんですか？」

「口直し……じゃないな、鼻直しだ。お前の匂いはいいな。落ち着く」

「いやじゃないですか？　これ」

「いや。部屋の中――マンションの中の空気がきれいになった気がする。お前の匂いのせいだと思っていたが違うのか？」

「どうかな？　わたしはわからないけど、でも新市さんがそう言うのならきっとそうだと思います」

葛のために練られた香は、新市の気分を和らげる効果も持っていたようだ。もしも匂いがきついと感じているのなら、焚く量と時間を調整しなきゃいけないと思っていた葛は、落ち着くと言われて安心した。里から出る時に言われたように、香は葛が人の形を保って、人の世界で心と体を守るために絶対不可欠なものだからだ。取り上げられてしまえば自分がどうなるかわからない。

「顔色も戻ったな」

新市は葛の頭を撫でるとふっと笑った。そう言えばともう一度頬に手を当てると、さっきは感じなかった熱がある。

（新市さんがいい匂いだなんて言うから……）

きっとそのせいに違いない。

「マンションまで送って行きたいが、残しておくと奴らが何するかわからないからな」

「はい。大丈夫です。すぐ近くだから」

「帰りは遅くならないと思う」

「はい。ご飯作って待ってます。あの、おいなりさん、食べられそうじゃなかったら持って帰って来てください。水筒も」

ぺこりと頭を下げた葛の背を新市が押し、振り向いた目の先で門が閉まる。手を振る新市の姿があり、それにほっと安心しながらも葛の中にはどこか落ち着かないざわめきが残されていた。

葛を見送ってアトリエに戻った新市は、そこで重箱に手を出す小暮を見て眉を顰めた。

「それは俺の昼飯なんだが」

「腹が減っていたんだ。一個くらいいいだろう」

　その場に間島の姿は見えず、新市は眉を顰めながら声を潜めて友人へ言った。

「おい、俺はもっと普通のモデルを希望していたはずだぞ。それがどうしてあんなけばけばしい女になったんだ？　あれしかいなかったのか？」

「しっ！　けばいなんて言うと機嫌を損ねるぞ。顔と色気で絶賛売り出し中のモデル様なんだからな。キャンセルされるとやばい。大体、勝手に決めろと言ったのは神森の方じゃないか。だからこっちで勝手に選ばせて貰った」

「俺が見せられた写真の中にあの女のものはなかったはずだが？　だから誰でもいいと言ったんだ。それがどうしてあの女が出て来る？」

　追及すると、小暮は「しまった」と小さく舌打ちした。

「——お前、いくら貰った？」

　低い声で尋ねる新市に、気まずげに小暮は顔を逸らし、指を三本立てた。

「三十万か？」

「その上だ。俺から持ちかけたんじゃない。間島の事務所から持ちかけられたんだ。今度の新作にはうちの間島を頼むってな」

「——金だけか？　違うだろう？」

　画家になって長く付き合いのある小暮の派手好みの性格を知っている新市の追及の手は、休まることがない。

「メディアへの露出を約束して貰った」

「おい」

「テレビ、雑誌の対談、講演。ああ、テレビの方は本数を控えて貰った。それからお前の後援者を何人も紹介して貰うことになっている。その一人が間島の父親だ。知ってるか？　間島の父親は海外にも店を持つ大手レストランの経営者なんだ。チェーン店全部にお前の絵を飾ってもいいと言っている。一号でも最低五十万から買い取ってくれるそうだ。言っておくが最低が五十だからな？　ものによっては二百万以上にもなる。それが幾つも売れるんだぞ？」

「その代わりに、娘の出世の手伝いをしろと？」

「いい話じゃないか。お前の絵は国内でも評価が高いし、収集家の間でも評価が鰻《うなぎ》登りだ。これからもどんどん価格が上がるだろう。だが高くなれば手を出しにくくなる。それを最低価格を保証した上で、相場で買い取ってくれるんだ。神森新市の名前はもっと広まる。娘の方も神森の新作モデルで仕事も増える。いいこと尽くしだ。何が悪い。とにかく描け。描けば儲かるんだからな」

開き直った小暮は、メガネのブリッジに指先を当てぐいと持ち上げた。

「それよりお前だ。さっきのあの子供はどうした。誰なんだ？　お前にあんな知り合いがいたなんて俺は知らないぞ」

「俺の私生活全般をお前に報告する必要はない」

「俺はお前のマネージャーとして、画家神森新市が絵を描く環境を整える必要があるんだ。悪い虫なら除くのが当然じゃないか」

「その割に、お前が紹介して寄越した家政婦は全員クビになったけどな」

「あれは……俺も紹介された側だから被害者だ」

「どうだか」

それに関しては新市は小暮を信用していない。家政婦という名でやって来たはいいが、その実態は新市の私生活を探る目的か、或いは取り入ろうとするのが見え見えだったからだ。小暮が今回のように金に目を眩ませて、相手の要求を受け入れた結果だろう。

(そろそろこいつとも縁を切った方がいいな)

失踪から復帰した新市の描いた絵を見つけて世間に知らしめたのは前田だが、その直後に駆け付けた小暮の喜び方は、金蔓《かねづる》が戻って来た喜びのようにしか見えなかった。失踪して復帰したと言われている自分の失踪中のことは覚えていないが、失踪という言葉を使われなければならないほど世間と人生に嫌気が差していたのは事実だ。その原因の一つである小暮を何故未だにマネージャーとして使っているのかと言えば、単純に世間に出るだけの足掛かりが欲しかったからだ。

(その点では俺も似たようなものか)

一度は地に落ちた神森新市の名を、世間にもう一度広め、画家としてやり直したい。その欲求は復帰した直後から根強く新市の中にあった。たくさんの絵を描いて、有名になって、それから——。

それから?

その後が続かない。何かしたいことがあった気がするのだが、それが思い出せないのだ。だから新市は描く。復帰第一作の子供の絵が印象に残り過ぎたためか、「風景画から人物画へ方向転換、天才神森に新たな才能発覚」という煽《あお》りにも似たフレーズのせいで、求められるのが人物画ばかりになってしまったのには笑うしかない。

人物画シリーズも最初の一作の出来がよく、たまたま見に来た画廊のオーナーが下描きを見つけ、これも飾りたいと新市の元へ日参して口説き落としたのが始まりだ。それで五枚を一つのシリーズにしたところ、いきなり価格が高騰し、今や神森と言えば人物シリーズとまで言われている。

（今までのモデルはまともだったな）

間島カンナのような華やかな経歴の持ち主ではないが、俳優や女優の卵だったり、食費を稼ぐためのアルバイトを掛けもちしていたり、彼らの中には彼らなりの芯があった。心も豊かだった。だから描くことが出来た。経費削減で安いモデルを探していた小暮が、唯一新市に褒められるとすれば彼らを見つけて来たことだろう。

だが、間島カンナは自己主張が激し過ぎた。

「……同じモデルならまだ冴島に頼んだ方がましだ」

女装モデルとして誌面を飾っていたこともある万智の美貌は折り紙つきで、腰まであった見事な黒髪を切ってしまい、女性モデルとしての露出が控え目になった今でもファンは多い。性格は、大人しく控え目とは言い難く、馬が合うとも言えないが、鼻につくことはなく今でも当たり障りのない友人付き合いが出来ている。

「冴島？　冴島万智か？」

「その冴島だ。あいつも多忙だからな。椅子に座ったまま拘束されるのは嫌だと言われた」

「誘ったことがあるのか！」

小暮の目には「自分に一言の相談もなく……」という非難が含まれていたが、新市はそれを黙殺した。

「ある。あの口ぶりなら時間さえあればやるんじゃないかと思ったが」

ただし、それも人物画を描かなくてはいけなくなればの話で、間島カンナを見た後ではもうすでにシリーズを続ける気力を失くしている新市だ。

「あいつのギャラは高いぞ」

「一流ならそんなもんだろう。価値があれば当然だな。俺の絵も同じだ」

自分にとって価値がなければ一銭も払わないが、価値があるなら何百何千万にもなる。さすがにまだ年若い自分の絵に億の値がつくとは思っていないが、小暮はそれが出来ると信じている。信じて貰えるのは悪い気はしないが、そのためのごり押しとも言える売り込みは好きではない。

「冴島のことは、まあいい。間島カンナだ。頼む、神森。間島の絵さえ描けばあとは父親の方が何とかしてくれる。とにかくいつもと同じように五枚、五枚だけ完成させてくれ」

「やる気が起きないんだが？」

ただでさえ人物画を描く時には集中力と精神力が必要だというのに、今回は自己主張の激しいモデルのせいで、寝ているすべての機能を叩き起こさなければそれも難しいのだから、かなりきつい。

「――下絵が完成したら終わりだ。その後は一切無関係だ。それから、モデルをするのは一日五時間、昼間だけだ」

「おい、それで描けるのか？」

「描くさ。早く完成させれば顔を見ないで済むなら、それくらいはやってやる。言っておくが手抜きはしない。だから完成したものに文句も言わせない。それを守れないようなら……お前が間島に守らせることが出来ないなら破談だ」

「ちょ……っ、それは」

「出来ないなら貰った金を返して次を探すんだな。いや、いい。次があるなら自分で探す。それとももう前金は使ってしまったのか？」

　小暮を信用していないと宣言されたも同然で、小暮もさすがに気色ばむ。

「神森！　俺はお前の才能を世に出すために苦心しているんだぞ！　人物シリーズがヒットしたのも俺が助言したからじゃないか」

「ああ、確かにお前のおかげだな。お前が勝手に持ち出してくれた絵のおかげだ」

　そのせいで新市は人物画の専門に転向したと思われていることに、小暮は気づかない。そもそも人物画シリーズも「原点」と名付けられた子供の絵が高い評価を受けたから出たもので、便乗商法なのは変わらない。

「とにかく、間島の絵だけは完成させてくれ。な、神森」

　大きな溜息をつきながら新市は頷いた。内心では、これを最後に小暮との付き合いを切ろうと思いながら。

（手切れ金だと思えば安いものだな）

　向こうは新市と離れたがらないだろうが、いい加減小暮に振り回されるのも嫌気が差して来た。もしも世間の画家「神森新市」に対する評価が妥当であれば、小暮がいなくてもやっていけるだろうという確信もある。契約云々など面倒なことがあれば、前田に話を通してもいい。前田と画廊のオーナーは、前々から新市とは個別に契約を結びたいと言っていたからちょうどいい。

　新市の頭の中では既に間島の絵を描き終えた後のことまでが、キャンバスに絵を描くよりもはっきりと描かれていた。

　そしてその未来の中には、なぜか静かに正座して笑っている葛の姿もある。

（さっさと終わらせるか）

仕事だと割り切ろう。割り切って終わらせて、早く家に帰りたい。そして葛の味噌汁を飲むのだ。

先生ェという少し媚びた女の声が近くに来たことに溜息をつきながら、新市は仕方なしに今後の予定を告げるために立ち上がった。葛が持って来たいなり寿司を間島に見せたくなかったというのもあるが、新市の邪魔をしないようにちんまりと台所に控えている葛の居場所を、間島カンナの高い声と香水で穢《けが》したくなかったからだ。

そう思い、大事にしていたのだ。新市なりに葛のことを。


色のある優しい風景。そんなキャッチフレーズで新市の個展が開催された。


新市が休暇中に描き上げた二十数点の絵は、旅先で使っていたスケッチブックから取り出したものが多いため、小さいもので絵葉書サイズ、大きくてもノートを広げたくらいと小さなサイズばかりだったが、絵画好きの資産家たちはこぞって自分こそがオーナーになると手を上げた。これらは、小暮には言わずに新市が直接前田に話をつけて売りに出したものので、最初から売買目的で展示されたこともあり、個展は初日から大勢の人で賑わった。

事前告知せず、気持ちばかりの案内状を配り、雑誌や新聞、プレイガイドその他の各種インフォメーションにも直前にしか載せなかったため、内輪で集まるくらいの適度な閑散ぶりを期待していた新市には予想以上の人の入りだった。

「よかったですね、新市さん」

一緒に見に行くかと誘われたが固辞した葛は、夜遅くに帰って来た新市の紅潮した顔を見て大成功を悟り、おめでとうございますと頭を下げた。

「初日に完売するとは思わなかった。明日来た連中は悔しがるだろうな」

　機嫌のいい新市は少し酒を飲んでいるようだった。ここ数日の日中は間島カンナとアトリエに二人きりで、家に帰って来てすぐは不機嫌なことが多かっただけに、上機嫌な新市を見ることが出来て葛も嬉しくなる。

「お前も来ればよかったのに。俺の絵を見たかったんだろう？」

「はい。でもたくさんのお客様が来るんでしょう？　わたし、絶対無理です」

「人が多いと酔うか」

　葛は頷いた。里から出てすぐに人の多さと空気の悪さに倒れた後は、混雑する場所には行かないよう気を付けているため体調的な不安はないのだが、来客が少ないかもとはいえ、それなりの人が来ると予想される場所に行くには、葛にまだ勇気が足りなかった。展示された絵を見ることは出来なかったが、混雑だったことを思えば行かなくて正解だったと思われる。

「それに、わたし、一番最初に絵を見せて貰ったから、それでお腹も胸もいっぱいです」

　旅行で描いた絵は全部見せて貰った。どれを展示したらいいかという相談にも、一生懸命考えて選んだ。優しい水彩画は見ているだけで気持ちが優しくなり、大事に取って置きたくなる。懐かしさと優しさと穏やかな温かさが、新市の絵からは滲み出ている。

　たぶん、と葛は思った。この優しい風景こそが新市が本当に描きたい絵なのだろうと。だから人の目を惹《ひ》き、癒されたいと、欲しいと心が訴えるのだ。

酔った新市は、葛をテーブルの前に座らせ、持ち帰ったカタログを広げた。

「お前が選んだ絵はどれも高額だったぞ。目がいいんだな」

「お値段は新市さんがつけるんじゃないんですか？」

「そういう画家もいるが俺は画廊に丸投げだな。信用出来る画廊に限られるが、その点、前田さんのところは実績もあるし、商売も手堅い。だから余計に値も跳ね上がるとも言える」

「へえ、すごいんですね。でも本当に嬉しいです」

「絵が売れたことが？」

「それもだけど、そうじゃなくて絵が売れるってことは新市さんの絵を好きな人がたくさんいたってことでしょう？　それが嬉しいです。新市さんの絵が一番です」

「他の画家の絵を見たらそんなこと言ってられないぞ。俺よりうまいやつはたくさんいる。世の中には画家が山ほどいるんだ」

「いっぱい？　百人くらいですか？」

「もっとだ。百人の団体が百以上でも足りないな」

「そんなに！　でもだったらもっとすごい。そんなにたくさんいるのに、新市さんの絵は何かの賞をいっぱい貰ってます。やっぱり新市さんはすごい絵描きさんです」

「お前なあ……。けど、お前が言うと何だか自分が偉くなった気になるな」

「偉いです、とっても」

そうかそうかと満足げな新市の笑顔を見ながら葛も笑う。その葛の手を新市が握った。

「ありがとう。お前がいてくれてよかった。もしもまた妙な家政婦だったら気が休まることもなかった。

個展を開くだけの精神的余裕もなかったかもしれない。だけど、お前がいた。お前の味噌汁を飲んで、お前の茶を飲んで、お前が失敗するのを見ていると、すごく気分がよくなる」

「さ、最後ので気分よくなられてもあんまり嬉しくないです……」

「その気の抜けたところがいいんだ。俺の気も一緒に抜けて行く。もしもお前が家にいなかったら、今の絵だってとっくに放り投げてるぞ。ありがとうな、葛」

新市の腕が葛の体に回され、力強い腕で抱き締められる。

「これからもたくさん描いてたくさん売ろう。そしてまた外国にスケッチ旅行に行こう。お前も一緒に」

「し、新市さんっ」

いきなりの抱擁に葛の目はきょろきょろと動くが、腕ごと抱かれているせいで動かすことが出来ずに、為すがままだ。

「ああ、この匂いだ。やっぱりお前は落ち着く。抱き心地も最高だ。いいな、こういうのは……お前と一緒に昼寝でもしたら気持ちよく眠れそうだ。まるであの絵みたいだ。本当に、なんだろうな……お前がいるだけで俺は……」

最後の方の台詞が途切れ、続きを待っていた葛は、頭上で聞こえるスゥスゥという寝息に、体からほっと力を抜いた。大きくなったとは言っても、小柄な葛の体で新市を支えるのはかなりきつい。だが、その重みは葛には嬉しいものだった。

「新市さん、ずっと一緒にいます。わたしは……葛は新市さんのお側にいるために来たんです」

力の抜けた新市の腕の中からは容易に抜け出すことが出来た。支えるものがなくなって、床の上にごろりと横になる新市を見つめた葛は、自分の部屋から掛布団を持って来て新市の体に被せた。寝室まで運びたいのだが、鍵は新市が持っているため勝手に入ることは出来ない。夏だからまだよかったようなものの、冬なら風邪を引くところである。

自分の枕と掛布団を新市に渡した葛は、横に座って眠る新市をずっと見つめていた。まるで出会った当初のように。違うのは、朝になれば新市は必ず目を開けるということだ。

「おやすみなさい、新市さん」

葛の唇は自然に新市の頬に下りていた。

好評のうちに個展は終了し、その盛況ぶりからさらに神森新市の評価は上がることになった。しかも描いているのが風景画だ。人物画シリーズとは違う優しさを前面に押し出した作品の数々は、画壇に鮮烈なデビューをした当時の神森新市を知る者にとっては喜ばしいことだった。

恩師の的場からも祝電を貰い、そのことは新市に新たな描く力を与えてくれた。葛、それに恩師。評価して欲しい人たちからの賛辞は、純粋に嬉しいものだ。

「最初からその路線で描けばよかったのに。そっちの方が専門なんだろう?」

小暮が受けたインタビューのため有名ホテルを訪れた新市は、同じ目的で同じホテルにいた万智と偶然会い、待ち時間の間にロビーで立ち話をしていた。

「一度落ちぶれた画家の同じ絵は評価されないだろう。それに、俺が何か言う前に方向性は決められたからな」

「あの絵か」

万智の目がすっと細められた。今日も全身を黒でまとめた万智は、腕組みをして顎を上げた。

「前々から気になっていたんだが、あれは誰の絵なんだ？」

「誰とは？」

「モデルに決まっている」

「いや、モデルじゃないいな。たぶん、モデルならあんな顔では笑わない。あれは生きている人の表情だ。作られたものでもなく、ただ純粋に」

「純粋に誰かに向けられた笑顔、だな」

ふむと万智が首を傾げる。

「お前、あの絵をどこで描いたか覚えてないのか？　お前が持っていたスケッチブックの中の一枚だっていうのは、業界の通なら誰でも知ってるぞ」

一時は誰かの絵を盗んで来たのではという噂が立ったこともある。落ちぶれていた神森がこんな生きている絵を描くはずがないと、かつての新市を酷評した者もいる。

その絵が「神森新市」が確かに描いたものだと証言し、鑑定まで依頼して世間に知らせてくれたのは、高校時代の恩師だった。自身も画家として活躍していた的場は人脈を使って新市の才能と活躍の場を取り戻してくれた。その時、久しぶりに会った恩師は新市の絵を見て、

「神森君が戻って来たな。おめでとう」

そう言って温かく迎えてくれた。誰もが疑う中、最初から新市が描いたものだと主張し、信じてくれた恩師には感謝してもしきれない。

確かに、新市も自分でも不思議だったのだ。自分はどうしてこのスケッチブックを大切に持っているのだろうと。着替えの入ったバッグは足元に投げ出されていたのに、スケッチブックだけは大切に抱え

ていた。

その中の一枚、これだけはどうしても完成した形で外に出さなければと望んだのは、今思えば不思議な焦燥感と切迫感だったように思う。忘れないように、幸せな気持ちを忘れないように、今の自分の気持ちを忘れないように、早く早く——と。

「——でだな、おい神森。聞いてるのか？」

万智に足先を踏まれ、二年前のことを思い出していた新市ははっと目を上げた。

「相変わらず暴力的だな、冴島。怪我するなよ、一応売れっ子モデルなんだからな」

「だから足を使ってるだろう？　ちゃんとモデルの自覚はあるから大丈夫だ。それよりも、葛は元気か？　転んでぴーぴー泣いたりしてないか？　むしろお前が泣かせてないか？」

「元気だ。毎日元気に働いている。転んで泣いたかどうかは知らないが、最近は時々商店街に出掛けて習字を教えているぞ」

「商店街で習字？　なんだそれは。商店街は買い物をするところじゃないのか？」

「商店街って言っても近所の連中がちょっとした買い物に行く小さなもんらしい。俺は行ったことないから知らないが。で、そこで顔見知りになった豆腐屋から書道教室を教えられて、週に二回通ってる」

元は豆腐屋が品書きを書こうとした時に、ちょうど客が来たことで葛が代書することになり、その文字が立派だったものだから、補助を探していた書道教室で働くことを勧められたらしい。

「へえ、そんなに上手なんだ？」

「俺も驚いた。鉛筆やマジックで書いた字は、上手とはいえなかったからな」

初めて書道教室に行った日、緊張して出掛けていたはずの葛は、満面の笑みで帰って来た。手には新市の名前が書かれた半紙を持って。

「ふうん。それなら僕も書いて貰おうかな。そして額縁に入れて飾って、千世を羨ましがらせてやろう。我ながらいいアイデアだ」

「ちせ？　ちせって誰だ？」

「僕の知人で、葛の保護者だ。それはもう過保護の塊だから、お前が葛を泣かせたら飛んで来て攫《さら》って行ってしまうかもしれないな」

「ちせ……千世か」

「どうかしたのか？」

探るような万智の視線に、新市は「いや」と軽く首を振った。

「口の中で違和感なく言えたなと思ってな」

「昔の女の名前だろ」

「そんな名前の女はいなかった」

「だったら記憶を失くしていた間にいい仲だったとか？」

その万智の台詞を聞いた瞬間、背中に走ったのは悪寒だった。

「それはない。それだけは絶対にない。例え俺が記憶を失っていたとしても、それだけは断言できる。俺が覚えているのは嫌味でも姑《しゅうとめ》くさい台詞でもないぞ。もっと柔らかで、ふわふわした感じだ」

「へえ、それは覚えてるんだ。――それはお前の記憶？　それとも願望？」

それは願望かもしれないし、記憶かもしれない。だから葛が側にいると安心する。あの能天気な顔を見ていると実にほっとするのだ。他の誰でもない葛といる時だけ感じるそれが、何に起因するのか新市はわからない。ただ、失くしたくないと思い、その思いは日増しに強くなっていく気がする。

　だから。

「間島カンナ嬢がかなりご立腹と聞いたけど、お前、何かしたの？」

「別に。何もしていない」

　間島が苛立つのだろう。モデルをしながら、あわよくば深い仲になろうと体を摺り寄せて来るが、その都度新市に躱《かわ》されて失敗に終わっている。

「どうせもうすぐ契約も終わる。そうすればきれいに縁が切れる」

　絵が完成し、それを間島の父親に渡してしまえばまったくの無関係になる。レストランに絵を置くという話は魅力的だが、娘可愛さのあまりの父親の行動なのだとしたら、間島カンナとどうこうなる気はないとはっきり言えば、話自体が立ち消えになる可能性もある。元々小暮が勝手に取って来た話なので、新市に不利益は生じない。あるとすれば、間島カンナに費やした時間を返せというところだが、さすがにそれを慰謝料として請求するほど大人げないつもりはない。

　葛との穏やかな生活を壊されなければ、それすらもどうでもいいのだ。

「神森と間島の間に何があってもいいけどな、何度も言うけど葛を泣かすことだけは絶対にするなよ。特に、神森に振られた間島が何するかわからないからな」

「気を付けておく。プライドの高い女だから、見込みがないとわかればすぐに他に移ると思うぞ」

「だといいけどな。女の執念――恨みはどこでどんな拗《こじ》れ方をするのかわからない」

　とにかく葛の身辺には注意するようにとだけ念を押して、担当が来た万智とは別れた。

「葛か。あいつに土産でも買って帰るか」

団子や餅《もち》など和菓子しか食べていない印象があるが、ケーキは大丈夫だろうかと考えながら新市は、ホテル直販のショートケーキが並ぶガラスケースの前に自然に足を運んでいた。

「神森」

ちょうど頼み終えた時、別の用事で外れていた小暮が到着し、新市はそれまで楽しかった気分が途端に悪くなるのを感じた。今日に限って言えば小暮はまだ何もしていないのだが、そもそもこのインタビュー自体が小暮が受けたものなので、いい気分ではない。雑誌に載れば葛も喜ぶだろうという打算があるため、不機嫌にはなっていないが、出来るなら自分一人でインタビューを受けたかったのが大きい。

だが小暮だけだったらまだましだったのだ。小暮の後ろから歩いて来る長身の女の姿が見えた時、新市の顔にははっきりと不機嫌という文字が書かれていた。

「おい小暮。これはどういうことだ？　どうしてあの女がいる。俺一人じゃなかったのか？」

「いや、ちょうど新作を描いている途中だろう？　だからついでに新作の売り込みと宣伝もしておいた方がいいと思って、間島も呼んだんだ」

「俺があの女にいい感情を持っていないのをわかってて呼んだのか」

「せいぜい三十分だろう？　それくらいは我慢してくれ。その分、宣伝効果も高いんだ」

「間島の絵は親父の方が買い取るんだろう？　宣伝する必要はない……あ、小暮お前！」

新市は小暮の胸ぐらを掴むのを寸でのところで耐えた。

「また金で俺を売ったな」

小声で凄《すご》みながら新市は胸の中で舌打ちした。新作の完成を待たずにもっと早くに手を切っておけばよかったと後悔する。

「――いいか、小暮。今回までだ。今回までは受けてやる」

それを許可と受け取った小暮は小さく息を吐いたが、

「新作が出来次第お前との仕事は終わりだ。間島の絵はお前が好きにすればいい。俺はもう関わらない」

新市の決別宣言を聞いた眼鏡の奥の目が見開かれた。

「か、神森、何言ってるんだ……？」

「言葉通りだ。もうお前の持って来た仕事はしない」

「それはフリーになるということか？」

「フリー？　俺は元からフリーだ。今までお前が貯め込んだ金は好きにしていい」

「神森、早まるな。お前はこれからもっと売れるんだぞ？　そうすれば金もたくさん手に入る。好きなことを好きなだけ出来るんだ。その機会を捨てるって言うのか？」

新市は冷めた目で小暮を見つめた。

「だから好きなことをしているだろう？　それともその好きなことの中にお前と仕事をしないという選択肢はないのか？」

新市が言い放った皮肉に小暮の口元が歪む。

「この二年、お前の言うように絵を描いて来た。そして名も売れた。それには感謝している。だが、これ以上は無理だ。間島を連れて来た時点でお前とはやっていけないことがわかった」

今もギリギリの精神状態を保って仕事をしているのだ。間島とは五時間だけしか会わない。その五時間だけでも苦痛なのに、これから先も関係を持たなければならない要素は早く断ち切りたかった。

小暮が勝手に新市の名を使って商売しないように業界にも流しておく必要はあるが、こういう噂はすぐに広まるものだ。

「時間だ。行くぞ」

まだ何か言いたそうな小暮を置いて新市は雑誌編集者が立つ場所へ向かった。間島カンナの存在はあえて無視をした。


恐らくは純粋な善意だったのだろうと、葛は思っている。

「――これをわたしが着るんですか？」

目の前に広げられた洋服を前に、葛は困惑しながら新市を見つめた。

「この着物じゃ駄目ですか？　わたし、洋服は着たことなくて」

困ったように眉を下げた葛が今身に付けているのは、里から持って来た着物だった。もしもどこかに出掛ける時には着なさいと言われて持たせてくれた上等な着物である。袴《はかま》はなく、ほんのりと薄い赤紫に白や銀が広がる着物の上に、同色の羽織を着ているだけだが、蝶や蜘蛛の神様が神力を糸に織り交《ま》ぜて作ってくれたため、煌《きら》びやかな光沢を見せて輝いている。

初めて新市と出掛けるのを楽しみに、前夜に箪笥《たんす》から引っ張り出して用意していたものだ。新市の方は黒っぽいスーツの上下の中に襟の高い絹のシャツを着て、ゆったりとした普段着を見慣れている葛には眩しいくらい格好よく映っていた。

マンションを出るまでは何も言わなかった新市が葛を連れて来たのが、画廊近くにあるブティックで、そこで初めて葛は洋服を着るように勧められたのだ。

「その着物も似合っているが、たまには洋服もいいんじゃないか？　お前、着物しか着たことないだろう？　俺が買って来た服も着ないし」

「それは……ごめんなさい。なんだかもったいなくて……」

実際、新市は何枚も葛に洋服を買い与えていた。家事をするのに袖が邪魔だろう、ズボンならもっと動き易いんじゃないかと理由を言われ、納得するものだったし嬉しくもあったのだが、葛には里から持って来た着物を着なければならない理由がある。都杷はすぐに小さく戻るとは言っていなかったが、神力の効力が切れた時のことを思えば、着物を脱いで洋服に手を通すことは出来なかった。

毎朝、起きて葛を見るたびに新市が残念そうな顔をしていることには気付いていたが、これればかりは理由を言えないだけに心の中で謝罪するしかない。

(だからなのかな。新市さんが家を出る時に機嫌がよかったのは)

葛を驚かせ、洋服を着せるために計画をしていたのだろう。

優しい色合いの生成《きな》りの生地の中は、反対に濃い茶色のシャツで、よく見れば新市とは色違いのお揃いだった。それは葛に決心を付けさせる一つの要因にもなった。

「――わかりました。着替えます」

「そうか」

「でもわたし、着方がよくわからないので教えてくれますか？」

それもまた事実だったので正直に言えば、丸く目を見開いた後新市は、にやりと笑って更衣室の中へと葛の背中を押した。

「お手伝いしましょう、お嬢様」

それからは赤面の連続だった。着ているものを全部脱ぐことになり、新市に裸を見られてしまったのだ。試着室は広かったが、それでも狭い空間には変わらない。出来るだけ隅の方で着替えようと思うのに、新市の視線に体全部を見られているようでとても恥ずかしかったのだ。葛が身に着けていた下着が都合が悪いというので、急遽新市たちが穿いているのと同じものを買って来て貰った時には、穴を掘って隠れたくなってしまった。こういう時に大きな体は邪魔だなと心の底から小さな体に戻りたいと願ったものだ。

(窮屈……)

体にぴったりと密着する下着に早くも葛はくじけそうになった。下着をつけないで走り回っていた里が懐かしい。

そんな葛の困惑と窮屈さに頓着せず、新市は次から次へと着せていった。靴下も初めて履くもので指先がきついと感じたが、それよりも最後に試着室から出た時に履いた靴がもう駄目だった。

「新市さん……これ」

ピカピカの茶色の革靴は足のサイズにはぴったりなのだろうが、とにかく重い。これまでが草履や下駄だけで過ごして来た葛には錘《おもり》を付けたような感じだ。

「大きさはちょうどいいだろう？　踵《かかと》は靴擦れしないように柔らかくして貰った。歩いていれば直に慣れる」

不安げに立つ葛を少し離れたところで満足げに眺めた新市は、

「髪はこのままでいいな。変に何かつけるよりこっちの方が自然だ」

と言って、癖のある葛の薄茶の髪を指でくるりと回した。

「さあ行こうか。着物は後で家に届けて貰おう」

差し出された腕に自然に摑まるように葛は一歩を踏み出した。


そして初めてのパーティが始まった。葛の知る部屋の襖《ふすま》を取り外して作った大きな部屋での宴会ではなく、立ったままでいることにまず驚いた。賑やかさは似たようなものだが、空間にいる人の数が違う。

「新市さん……」

一歩入った瞬間、すぐに葛は後悔した。ここは自分のいる場所じゃない。世界が違う、と。

煌びやかな人たちが談笑し、大きな笑い声が時々聞こえる。酒と食べ物の匂いが充満し、人の出入りは頻繁で、誰もが落ち着きなく歩き回っては立ち止まるのを繰り返していた。

天井には煌々《こうこう》と輝く明かりがいくつも点《つ》き、見上げれば眩しいくらい。そんな慣れない空間で感じる窮屈さとは別に、自分に向けられる視線が痛かった。

あれは誰？　神森先生が連れている子、見たことないわ。今のモデルの子？　今は間島カンナのはずだ。親戚の子じゃないのか？　次のモデルかもしれないぞ。女か？　男でしょ？

自分を探る目と声の多さよりも強さに、葛の体はすぐに不調を訴え出した。好奇心と悪意は、困惑と恐怖を引き起こし、新市の腕を摑む手にも力が籠る。

（帰りたい……。新市さん、わたしもう帰りたい）

だが新市はそんな葛の不安には気づかない。新市自身も常になく浮かれているのだ。その理由は葛を伴っていることにあるのだが、当然葛にわかるはずもない。

「ここの料理はうまいと聞いていたんだ。お前にも一度食べさせたかった」

葛への思い遣りから出た善意なのはわかっている。新市は葛を困らせたくて、人の多い場所に連れ出したわけではないのだ。

（でも、でも新市さん、わたしは……）

神力の宿った着物は葛の身と心を守る鎧《よろい》だった。多くの人が寄せる感情の波から、葛を守ってくれる防波堤だった。しかし、今の葛にはそれがない。

新市が買ってくれた服は嬉しい。似合っていると言って貰えて嬉しかった。しかし、この服では葛を守ることは出来ないのだ。

「神森先生、お久しぶりです」

空いている場所を探してゆっくりとホールの中を歩いていた葛たちに声を掛けたのは、前田だった。


「おや、誰かと思ったら葛さんじゃないですか」

「こんにちは。前田さん」

前田は珍しい葛の洋装に目を細めて小さく口笛を吹いた。

「着物姿しか見たことないから新鮮ですね。似合ってますよ。神森先生のお見立てですか？」

「ああ。前からこいつにはこういうのも似合うと思っていたんだ。なかなかいいだろう？」

「ええ。見違えました」

「ほらな。前田さんもそう言うんだ。恥ずかしがらずに堂々としていろ」

恥ずかしくて俯きがちなわけではないのだが、新市は単に慣れない洋服を着ていることへの羞恥だと思っているようだ。早く帰りたくてたまらない葛にしても、新市に心配を掛けるのは本意《ほんい》ではない。

「はい。わかりました」

「いや、うまくいっててよかったです。ご紹介した時には、もしかしたらまた追い出されるかもしれないと少々不安だったんですが、冴島さんの目は確かでしたね。そうだ、葛さん。冴島さんも来るんですよ。少し遅れるそうですけど」

「万智さんが？」

「ええ。神森先生が葛さんを連れて来ると知って、沖縄から戻って来るのを少し早めたみたいなんです。空港からタクシーを飛ばして来ますよ、あの人は」

「万智さん来るんだ……」

知らない人の中に知っている人が来ると知っただけで、葛の緊張も少し和らぐ。

「来られたら教えますね。まあ、あの方は目立ちますから私が教えなくてもすぐにわかると思いますけど」

そう言って笑った前田は、

「神森先生、オーナーがご紹介したい方がいらっしゃるそうです」

新市に少し時間を欲しいと言った。仕事の話だろうと見当がついた葛は、新市の袖を引きながら見上げた。

「わたし、待ってますから行って来てください。大事なお話なんでしょう？」

「だが」

さすがに新市も葛を一人にしておく気にはなれなかったらしく、表情も渋い。

「この部屋の外に座るところがあったから、そこで待ってます」

ホールの中にも椅子はあるが、既に先客がいて葛が座る余裕はない。ホールの外には柔らかな椅子が何脚もあり、そこなら大丈夫だろうと思ったのだ。

（それに、わたしもその方が嬉しい）

先に帰ることは出来なくても、せめてホールの外で休みたいという葛の願いが通じたのか、新市は渋渋ながらも頷いた。

「わかった。顔見せの挨拶ならすぐに終わるはずだ」

外まで一緒に行くという新市を「待たせるのは悪い」と断って葛は、前田に一礼してホールを外に向かって歩き出した。しかし、自分の進行方向に見知った顔を見つけた途端、反射的に足を止めてしまった。万智ではない。それよりも心理的にもっとも苦手にしている人物——間島カンナの煌びやかな姿がそこにあったからだ。

体にぴたりと添う深紅のドレス、すらりとした膝から下の足、髪は豪奢《ごうしゃ》に結い上げて、まるでファッションショーに出ているかのような足取りで颯爽《さっそう》と歩いて来る。

間島が神森新市のモデルをしていることは、画廊のオーナーのパーティに集《つど》った多くの招待客には周知のことだ。中には新市と間島が深い関係になっているのではという声も飛んで来た。深い関係というのがどんなものなのか葛にはわからなかったが、自分にとって歓迎すべき話題ではないのは何となく察することが出来た。

その間島の後ろにはやはり見知った顔、小暮の姿もあった。

（新市さんが呼んだのかな？）

友人だと言っていたのならそんなこともあるかもしれないと思いながら、葛は別の扉から出ようと進路を変えた。その直後である。

「あ」

横に一歩踏み出した葛と飲み物を配り歩いていたウエイターが交錯する形でぶつかったのだ。

ガシャンというグラスが落ちて割れる音がする。

その音は葛のすぐ耳の横で聞こえた。そう、慣れない洋装に体の動きが追い付かず、葛自身もそのまま派手に転んでしまったのである。

「お客様、大丈夫ですか!?」

慌てたウエイターが葛の側に屈み、手を貸して起こそうとするが驚いた体は動けずに、その場に座り込んだままだ。

「わ、わたしは平気です。それより……」

割れたグラスの方が気になった。絨毯《じゅうたん》の上に散らばるガラスの煌めきは、割れたのが一つや二つでないことを物語っている。葛は破片に手を伸ばした。

「あら、誰かと思ったら神森先生のところのお手伝いさんじゃない」

その声に欠片《かけら》に触れかけた指先がふと止まる。高い女の声、きつい香水。顔を上げなくてもわかる。間島カンナだ。

「何の騒ぎですか、間島さん」

「ほらあの子、神森先生のところのお手伝いさん。あの子が転んでグラスを割ってしまったの」

「神森の……ああ、あの子か。神森がお情けで置いてやってる子供は」

「ええ。可哀そうに。慣れない場所に出て来て緊張してしまったのね。神森先生のお姿が見えないけど、どちらにいらっしゃるのかしら」

「子守りよりも大事な仕事があるんだろ。少し目を離しただけでこの始末じゃ、神森も大変だな」

わざとだとわかっていた。この場にいる人々に葛が何も出来ないのだと伝えるために、わざと大きな声で話しているのだ。だが、実際に自分でも無知で家事以外で新市の役に立っているとは思っていない葛には、二人に反論することも出来ない。

どうして一度会っただけの二人が、自分に対してこんなにも悪意をぶつけるのか、葛には見当もつかない。他の客たちとは違い、傷つけようという明確な意思を持って放たれた言葉。

スタッフの一人が手を貸して助け起こそうとしてくれるが、悪意の矢が何本も突き刺さった体は立ち上がりたくてもそれを出来ずにいた。

間島と小暮の会話を耳にした客たちの間に、葛が新市の関係者だという認識が出来上がって行く。元から同伴していたため、隠しているわけではないのだが、こんな醜態をさらした自分が新市の関係者だと思われるのが辛くて、葛は涙が浮かんでくるのをじっと我慢して唇をぎゅっと嚙み締めた。

立ち上がってここから逃げ出したい。だが足は動かない。

（助けて……助けて新市さん……助けて……）

すぐに戻ると言った新市と別れてまだ少ししか経っていない。この騒動に新市は気づいているのかいないのか、近くに気配はない。

「いつまで座り込んでいるのかしら？　いい加減立てばいいのに。同情を引こうとしてるのかしらね？」

間島の声に俯く。彼女が口を開く度に、葛は身動きが取れなくなる。

（新市さん……わたし……）

涙がもう少しで零れ落ちる寸前だった。凜とした声が聞こえたのは。

「助けるつもりがないなら黙れ」

モデルの冴島万智だという幾つもの声が葛の耳にも聞こえた。

「万智……さん？」

涙目で思い切って見上げれば、間島のすぐ後ろに万智の黒い姿があった。耳には煌めくピアス、胸元からは涙型のサファイアがぶら下がる三重のネックレス。トップモデルに名を連ねる万智の登場に、人人の視線はそちらに釘付けになる。

「いい年をした女がネチネチ嫌味を言うもんじゃないな。そこのところの性格の悪さが神森に敬遠されてるってわかってないなら重症だよ。乳がいくらでかくても、男はそれじゃ落ちないさ」

「なっ……！」

真っ赤になった間島が言い返そうとするが、万智はそれを綺麗に無視し、葛の前で手を出した。

「ほら」

力が出ないんだろう？　お前の神力はかなり弱っている。

そんな声が聞こえた気がして、葛は縋るように万智の手に自分の手を重ねた。途端に伝わって来る懐かしい波動に、気弱になっていた心が少しだけ復活する。

万智の力を借りて何とか立ち上がった葛を片手で支えながら、万智は輪の中に入れずにいたホールスタッフに指示を出した。

「片づけを。弁償が必要なら冴島宛てに請求していいよ。え？　なんでかって？　そりゃあ当然だろ。この子は僕の身内の一人なんだから」

万智は艶然《えんぜん》と微笑み、言った。

「神森のところには行儀見習いに出していたんだよ。内気な子だからね。この子について知りたければ、本人や神森じゃなく僕を通すんだね。はい、解散解散」

ぱちんと指先を鳴らすと、まるで魔法のように遠巻きにしていた人々が去っていく。それを満足げに見た万智は、葛の肩を抱いてホールの外に向かいかけ、思い出したように振り返った。

「小暮、君が神森から絶縁を言い渡されたのはもう業界には知れ渡ってるよ。間島の絵が終わる前に君は自分の今後を考えた方がいい。言っておくけど、神森には次の後援者がもう決まっているけど、そこに君の場所はない」

それから笑みをひっこめ、万智は冷たい目で言った。

「次にこの子に手を出したら、業界はおろか国内にもいられなくしてやる」

「モ、モデルにそんな力があるわけがない」

万智はフンと鼻を鳴らし、ツンと顎を上げた。

「そう思うのはお前の勝手だ。忠告はした。後はお前次第だ。行くよ、葛」

「で、こんなお前を一人にして神森は何をしてるんだ？」

苛立ちから組んだ足を揺らしながら、万智は不機嫌に尋ねた。ホールから少し離れたソファに二人、向かい合って座っているところだ。喧騒と、何より間島たちから離れることが出来たおかげで、大分調子も戻って来た。

「新市さんは、前田さんと一緒にお客様のところに挨拶に行ってて」

「お前を連れて行くべきだったな。一人にすればこうなることはわかっていた。どうせ一緒に来たんだろう？」

「はい」

「あの神森新市が誰かを同伴してパーティに出たことはない。唯一の例外は、復活第一作が賞を獲った時に恩師の先生と一緒だったときくらいだ。それくらい神森が人を連れ歩くのも、こういう場に出て来るのも珍しいんだよ」

「そうなんですか？」

「そうなんです。それなのに、何を血迷ったのか、お前を連れ出すなんて」

万智はハァーッと大きく息を吐き出した。

「わたしにおいしい料理を食べさせたいって言ってくれました」

「自己満足だ。お前が食べたいと言ったわけじゃないだろ？　ああ、そんな泣きそうな顔をするなって。本当にお前は神森のことが好きなんだなあ」

「当たり前です」

「だけどな、ちび」

万智はずいと体を前に乗り出した。

「神森の側に居続けるためには自分を大切にするのが一番の条件だ。その服も駄目だ」

「これは……」

「いいよ、わかっている。どうせ神森に言われて着るしかなくなったんだろう。だが、それだけにしておけ。特に今みたいに外に出る時に、里で作られた着物以外を着るのは自殺するのと同じだ」

自殺という言葉に葛の肩が跳ねあがった。

「そうだろう？　神力に守られていないお前は、子供以上にひ弱な存在だ。下手したら体が戻るだけじゃなく、その場で消滅だってしてしまう」

「消滅……消えるんですか？」

「消える。千世や伊吹や都杷様みたいに図太い連中には無関係だけど、お前みたいな小さな神様には大《おお》事《ごと》なんだよ」

知らなかった……。葛は呆然と自分の手を見つめた。神力がなくなれば小さく戻ってしまうのはわかっていたが、体そのものがなくなってしまうとは想像も出来なかった。

「千世も都杷様も、そこまではっきり言っておくべきだった。お前のことだから、絶対に間違いはないと思っていたんだろうが、人間っていうのは神様にだって予想が立てられない生き物なんだ」

「そうか……そうなんだ……」

新市とこのままずっと長く一緒に暮らしたいと望んでも、もしかすると何かの弾みで出来なくなってしまうこともあるかもしれないのだ。

「万智さんは？　万智さんは神力をどうしてるんですか？」

自分のように薬を飲んでいるのだろうかと思ったが、答えは「違う」だった。

「僕や伊吹みたいに長く人間の世界にいれば耐性もつく。言っておくけど、図太いんじゃなくて用意周到で丈夫なだけだからね。間違えるなよ。ちび、お前は他の連中に比べて本当に若くて小さくて、まだまだこれからなんだ。これから体の中にどんどん神力が溜まって行く。だからそれまでは絶対に無茶をするな。お前が消滅してしまったら、もしかするとこの国は終わるかもしれない」

「終わる？」

万智は深く頷いた。

「千世は嘆き悲しむだろう。そして都杷様はお前を失う原因になった人間に罰を与えるだろう。大雨か、それとも旱魃《かんばつ》か。水を司る都杷様の力はとても強い」

いつも葛を可愛がり、時々女の子の恰好をさせて遊ぶ都杷がそこまで偉い神様だと思っていなかった葛は、目を丸くした。

「津和の里は元々、都杷の里と言っていたんだ。都杷様が住んでいたそこに、都杷様を慕う他の神たちがやって来て、それから里が里らしくなって、都杷の文字を変えて、読み方も変えて津和にした」

津和の里。非力な神様も新米の神様も引退した神様も強い神様も、いろいろな神様たちが住む長閑な里。

「里を遠く離れていても、僕もお前も伊吹も、都杷様から守られているんだ。だからちび、都杷様の言いつけは絶対に破るな」

葛は何度も頷いた。薬は飲んでいる。香も焚いている。洋服は家の中で着るだけなら少しはいいかもしれない。新市が買って来たものを無下《むげ》には出来ないのだ。

そう言うと、万智は大袈裟に眉を顰めた。

「お前なあ」

「香を焚き染めておけばいいいですよね？　外に出る時には着ないで」

「過信は禁物だぞ。何かあればすぐに都杷様に連絡するんだぞ。僕もお前の様子を見ておくようにする」

「ありがとうございます、万智さん」

ほわほわと笑う葛を見た万智は「心配だなあ」と言いながら、くしゃくしゃと自慢の黒髪をかき回した。

「まあ、よほどのことがない限り大丈夫だろう。お前自身も気を付けてはいるみたいだし。あ、ほら保護者の登場だ」

指差す方を見ると、足早に近づいて来る新市がいた。

「新市さん」

軽く手を上げた葛と椅子にふんぞり返って座る万智を交互に見た新市は、まず葛の頭に手を乗せた。

「どこに行ったのかと思った。転んだと聞いたが、怪我は？」

「怪我はないです」

「貧血だよ」

え？　と驚いた葛に構わず、万智は続けた。

「慣れない服で慣れない場所に来て、緊張が最高潮にまで高まったらしい。貧血で倒れかけたところにたまたまウエイターがいてぶつかった」

「それは聞いている。それにその場には小暮と間島がいたと聞いた」

「いたね。いて葛をいびってた」

「万智さん」

それ以上は言わないでいいと目で訴える葛だったが、万智は肩を竦めて首を横に振った。

「こういうのははっきり言った方がいい。我慢は美徳かもしれないが、時に残酷な結果を生み出す。第一、お前には何の非もないんだ。我慢するなんて馬鹿のすることだ」

葛には言い含めるように話した万智は、新市へ冷たい目を向けた。

「神森、小暮と縁を切ったことは僕も大賛成だ。だったら奴が逆恨みしてちびに当たらないように気を配れ。今の神森新市ならそれくらいのことは出来るだろう？　誰かに守られるんじゃなく、守れるだけの力を得ているはずだ。それが出来ない時には、神森、お前はちびを失うことになる。小暮や間島のことだけじゃない。この世のすべてからちびを守れ。いいか、覚えておくんだぞ」

新市は何かを考えるように目を閉じた後、深く頷いた。

「わかった。俺なりに葛を守ってみせる。小暮にも他の誰にも邪魔されないように」

どこかで小さな音がした。それが何の音だったのか葛にはわからない。ずっと後になってから思ったのは、もしも歯車というのがあったのだとしたら、それがほんの少しずれた音だったのではないかと。

「今日もまた新市さん、遅いな」

葛は一人台所に佇《たたず》んで、味噌汁を温めていたコンロのスイッチを消した。時計はもう夜の十一時を過ぎている。最近はずっとこんな感じで、家に帰って来るのが遅くなっていた。先に寝ていていいと言われてはいるが、やはり気になってなかなか寝付けずにいる。

里から出て来てから就寝時刻はかなり遅くなった葛だが、慣れない生活の中で真夜中に近い時刻というのは夜更《よふ》かしをしている方なのだ。

昨日の夜は葛が起きているうちに帰ってこなかった。その前は少し早く九時くらいには帰って来た。

(でもその前は六時に帰って来てた)

葛が書道教室に通う日は、時々迎えにも来てくれたのだ。二人で並んで商店街を歩き、新鮮な野菜や果物を買って帰ることも多かった。豆腐屋のおかみさんとはもう顔馴染みで、おからのコロッケというのを試食したりもしたものだ。

それが今は広い部屋の中に一人。遅くなるという電話は夕方に一本あった。だがそれっきりだ。

葛は溜息をつくと台所の明かりを消し、トボトボと自分の部屋に行き、床の上で膝を立てて座り、ぽつりと呟いた。

「新市さん、もう帰って来ないのかな？　絵を描かないのかな？」

少し前に間島カンナの絵は完成し、それを渡しに行った日にとても晴れやかな顔をして帰って来たのは覚えている。これで間島や小暮と縁が切れたと言って、葛が見たこともない大きくて分厚い肉を焼いて食べさせてくれた。肉はあまり好きではないのでほんの少ししか食べることが出来なかったのは心苦しかったが、新市の嬉しそうな顔を見ることが出来て本当に嬉しかった。

（休暇なのかなあ）

その後はしばらくアトリエに通っていたが、次第に家の中でも仕事の電話をすることが多くなり、「打ち合わせに行ってくる」と言って外出することも増えた。少しずつ、帰宅が遅くなり、少しずつ家にいる時間が短くなり、今は朝の短い時間に顔を合わせるだけになってしまった。

葛以外が無人の家の中を、掃除しても物足りない気持ちの方が大きい。テレビをつけてみても、最初は驚いて物珍しかった番組もあまり面白さを感じなくなった。

「葛ちゃん、元気ないね。最近、神森先生の姿見かけないけど忙しいのかい？」

商店街の人達は、一人で歩く葛を見て時々そんな声を掛けて来る。

「新しいお仕事が入ったみたいなんです。それで忙しくて」

「そうかい。絵描きさんは自由に何でも出来ると思ってたけど、付き合いも大事なんだね。だったらたんと精の付くものを食べさせてあげなきゃね」

新鮮な野菜や卵を受け取るも、食べてくれる人がいない。

（新市さん、わたし、卵焼き上手に作れるようになりました。新市さんが好きな甘い卵焼きもくるくる巻けます。もうすくらんぶるえっぐなんて言わせません）

だから一緒にご飯食べたいな……。

聞かせたい相手は家の中にはおらず、葛の声だけがシンと静まり返った部屋の中に響くだけだった。

　そうかと言って、新市の態度が葛に対して冷たくなったというわけではない。その証拠に、出掛けるたびに新市は葛に土産を買ってくるのを忘れない。

「新市さん、もうそんなにいらないです」

「半分は貰いものだから気にするな。このメーカーで今度俺の絵がデザインされた服を売ることになって、その礼に貰ったものだ。あー、お前には少し大きいな」

　紙袋から取り出した標準サイズの男物のTシャツの丈は、葛の膝まであった。

「習字に行く時に着ればいいんじゃないか？　汚れても着物よりは手入れが楽だろうし、いざとなったら捨てればいい」

「捨てるなんて！　そんなことしません。汚れてもちゃんと洗って着ます。あ」

　着ると言ってしまった葛ははっと口を押えたが、新市はしっかりと聞いていた。

「約束だな。明日はこれを着て過ごすこと」

「……新市さんは、明日は家にいますか？　それともお出掛けですか？」

「昼からはアトリエに行く。夕方からはまた食事に招かれている」

　一瞬ぱあっと輝いた葛の顔は、見る間にしょんぼりとしたものに変わった。

「今、俺の絵を飾りたいというホテルや旅館からの話があってな、それに地方での個展も予定されている。これまでに描いた絵も見たいという人がいて、前田さんのところの画廊でも展示する予定だ」

「絵が売れるのが嬉しいですか？」

「売れるのもだが、神森新市の名前が広まれば、少しくらいの融通は利かせられるようになる。そうすれば描きたくない絵を我慢して描かなくてもよくなる。お前のことだって悪く言わせない」

「わたし？」

「そうだ。そうして自由に絵を描けるようになったら旅行に行こう。俺はスケッチブックを持って、お前は握り飯を持って」

「素敵です」

「だからもうしばらく辛抱してくれないか」

「……はい。待ってます。新市さんが早く戻って来て、好きな絵をたくさん描けるようになるのを。わたしはここで待ってます」

じっと見つめる葛に新市は微笑み——。

ありがとうと呟いた新市の唇がそっと下りて来て、葛の唇に重なった。少しカサカサで、少し酒の味がした。


一度目がまだ守られないまま、新市とする二度目の約束だった。

温かな唇が少しだけ葛の唇を食《は》むように動き、

「甘いな」

という呟きと共に離された。

「——今度また一緒にパーティに行こう。新しい綺麗な服を着て、癖毛が気になるならサロンで髪をセットして貰ってもいい」

「わたしの髪？」

「毎朝気にしているだろう？　真っ直ぐにすることも出来るんだぞ。お前がその気なら予約を入れておくが」

「サロンって？」

「美容室、髪を切る店だ」

「髪を切るお店なら商店街にもありますよ。おひげのおじさんとおばさんがしてるんです」

「そういうところでもいいが、もっと技術が高くて、流行を研究しているところの方がいいだろう」

「新市さんもサロンで髪の毛を切っているんですか？　それにその色も」

「最近はそうしている」

そう言えば、以前に比べてこざっぱりした髪でいる時が多くなったと思い当たる。絵を描くことに熱中している時には無精髭《ぶしょうひげ》を生《は》やしっぱなしのため、見ようによっては別人だ。

津和の里で最初に会った時の髪は狐色だったが、今はそれよりももう少し明るく、陽に透かした鼈甲《べっこう》の色で、根元が黒くなり始めると染めに行っていた。その同じサロンに葛も連れて行くというのだ。

葛は自分の髪を指先で引っ張った。千世みたいな真っ直ぐな綺麗な髪になりたいと何度も願ったが、実際に出来るとなると踏み出すには勇気が必要だった。

「あの、もう少し考えます。それでしてみたくなったらしてみます」

「ああ。それからな、着物なんだが」

新市は葛の着物を上からじっと見下ろした。

「家にいる時には本当に楽な格好でいいからな。暑くなれば脱げばいいし、炊事にも邪魔だろう？　客が来るとしても弁当屋くらいだしな」

「あ、わたしはこれが楽なんです。慣れているし、新市さんが言うほど暑くないんですよ？」

葛は裾を少し開いてひらひらと振って見せた。

「このお部屋はえあこんがあるから涼しいし、暑い時にはこうしてぱたぱたすればちょっと涼しくなります」

葛が手を動かすたびに白いふくらはぎと膝が見え、新市は溜息をついた。

「……半ズボンを履かせたくなるな」

「え？」

「なんでもない。最近少し顔色が悪かったから暑さにやられたんじゃないかと思っただけだ」

だから着物を脱げと言ったのだとわかり、葛は微笑んだ。

「大丈夫です。新市さんがいない時にゆっくりさせてもらってます」

「それならいいが。習字や買い物に行く時には日傘を忘れるな」

「はい。新市さんが買ってくれた傘、とっても素敵で気に入ってます」

小さな花と小鳥模様の薄い鶯色の和日傘は、葛は一目見て気に入り、今では大事な外出時のお供だ。

「お前は欲がないからな。少しくらいは我儘言ってもいいんだぞ。今の俺なら、お前に何でも買ってやれる」

自信に溢れる新市は葛の頬を撫でた。その手に、葛はおずおずと自分の手を重ねた。一瞬びくりと動いた大きな手は、だが葛の手を振り払うことなく、そのことに葛は安心した。

温かく優しい新市の気持ちが、葛の中に流れ込み、生きる力を与えてくれる。

「わたしは欲しいものは貰っています。新市さんと一緒にいることが望みだったから、それは叶いました」

もう一つ、大切な願いはあるが、小さな葛を忘れても新市は今の葛を大事にしてくれる。

（いつか、いつか叶えられるまで待ってます）

新市に温かい胸の中に抱き締められる幸福を感じながら、葛はその日が来るのを願った。それがいつかはわからないけれど――。

新市が葛のことをより一層気に掛けるようになったのは、画廊オーナー主催のあのパーティでの出来事が切っ掛けだった。葛の持つ世間慣れしていない独特の雰囲気が傍にあるのが当たり前で、いつの間にか絆《ほだ》されてしまっていたとは感じていた。からかうと真っ赤になって怒ったり、拗ねたり恥ずかしがったりとよく変わる表情は、見ていて飽きない。家事をしている時のちょこまかとした動きも、和むものだった。

いろいろなものを買い与えた時の困ったような表情だけは気に入らなかったが、そのほかは概ね満足していたのだ、津和里葛という少年に対して。むしろ人づきあいが悪いと言われていた自分が、ここまで気に入るとは思わなかったというのが本当だ。だから、間島や小暮に酷《ひど》い言葉を投げつけられたと聞いた時には、彼らに対する怒りが湧いて来た。どうしてこんなに無力で小さなものにまで心無い言葉を投げ掛けることが出来るのだろう、と。

これは俺のものだ。独占欲が生まれたのは、まさにその時だったのだろう。

冴島万智に言われ、葛の保護が最優先だと言われ、出した結論は誰からも文句を言われないブランド力を自分に付けるということだった。

絵を描くのは楽しい。だがそれだけでは派閥や世間に潰されてしまう。実際に新市は一度画家としての生命を絶ったも同然だったのだ。

ひっそりと描いているだけでは駄目だ。もっと名を売って、世間を味方につけて、葛のいる自分の生活を守らなければならないと思い、そのために行動した。めんどくさがり屋の自分にしては近年稀に見る勤勉ぶりだったと思う。

　前田に紹介された数人の資産家や事業主とは、新市の絵を買う契約にまで持ち込めた。

「小暮がやったことと同じなのは皮肉だな」

　自社のホテルやレストラン、施設などに飾る絵を描いて売る。幸いなのは、彼等は純粋なスポンサーでありパトロンで、絵以外の対価を求めなかったことだ。これで娘や孫の売り込みをされたなら、葛を連れてどこか辺鄙《へんぴ》な地へ引き籠るところだった。

　実際に、それでも何ら問題はないのだ。ベランダから遠くを見つめる葛の背中が寂しそうに見えた時には、特にそれを思った。抱き締めて、自分がいるから大丈夫だと言い聞かせたくてたまらなく、切なく思った。夕日に伸びる影を見ながら二人で歩く田舎道、そんな生活が自分たちには合っているのだろうとも思う。

　決して賑やかとは言えない古く寂れた商店街を並んで歩く時、新市の頭の中に浮かぶのは、高層ビルやマンション、高級住宅地ではなく、青田が広がる農村だ。新市が話し掛け、葛はそれに応え――。

　いずれは、と新市は考えている。だが、我儘を通すにはまだ足りない。どこにいても稼げるだけの腕と知名度を持つ。それが今の新市を動かしている原動力のようなものだ。

　葛。

　初めて会った時から、声に出すことに違和感はなかった。むしろ「津和里」と姓で呼ぶ方が妙な気がして、おそらくは紹介された時から一度も姓で呼びかけたことはないはずだ。

「葛――は習字の日か」

　昼から外出していた新市は夕方少し前にマンションに戻って来た。時間指定の荷物が届くはずで、それに合わせて早めに用を切り上げたのである。

　時間通りに到着したのは大きな段ボールが三つ。どれも新市が懇意にしているアパレルメーカーのもので、中身は大量の衣類だった。シャツにズボンにパジャマに、靴下など、すべて葛のために買い込んだものだ。

「着物も似合ってはいるが、外に遊びに行く時に不便なこともある。これくらいは持っていていいだろう」

　新市は段ボールを抱え、葛の部屋に入った。実は葛の部屋に入るのはこれが初めての新市は、考えていた以上に物がない室内に苦笑を浮かべた。

「やっぱりな。着物も同じのを何枚かだけでずっと着回しているからそうじゃないかとは思ったが。洗濯が面倒だろうに」

　クリーニングに出せばいいのにと言ったのだが、自分で洗うと言って肌着も何もかも手洗いで済ませているのだ。葛が洗濯機を回すのは、新市の衣類やリネン類などを洗う時だけである。

　何もない部屋の中はうっすらと甘い匂いがした。新緑のようなさわやかさと花の甘さと、そして清水の匂い。一般の香水や芳香剤よりは力も弱く微々たるものだが、葛の匂いに慣れた新市にはすぐにわかった。

「市販のやつのはずがないな。線香じゃなくて、あれは何て言うんだったか。アロマ？　少し違うな」

　形は思い出せるのに名称が思い出せないまま、クローゼットを開いた新市はそこでニヤリと口の端を上げた。

「思い出した、香炉だ。香を焚いていたんだな」

　クローゼット付属のタンスの一番上にちょこんと乗っている卵型の乳白色の香炉。

「ここにあるなら着物に移るのも当然だな」

引き出しの中には丁寧に畳まれた着物や肌着が納められていた。一番下には最初に葛が持っていた風呂敷が畳んで敷かれている。

それを見た新市の中にほんの少しの悪戯心《いたずら》が湧きあがった。

「着物がなくなれば洋服を着るしかなくなるか」

新市は着物が入っている引き出しをそのまま取り出すと、別の部屋に行き、空いている引き出しとそのまま交換して空になったものを葛の部屋に設置した。作り付けのクローゼットはこういう時に便利だ。そして、届いたばかりの服を引き出しの中に入れて行く。

「おっと……」

ジャケットをハンガーに掛けている途中に香炉が床に落ちて割れてしまったのは、もはや不運としか言いようがない。

「割れたか」

さすがに新市の顔にしまったという表情が浮かんだ。葛が大事にしていたものを割ってしまった罪悪感もだが、香炉が割れてしまったことで悲しむだろう葛の顔がすぐに浮かんだからだ。

「香炉……香は仏具屋か？」

何か違うと思いながら、手早く灰の処理をした新市は、パソコンで香炉を扱っている店が近くにないか調べた。幸い、少し離れた商業施設に香やアロマを扱っている店があった。時計を見れば葛が帰って来るまでにまだ二時間ある。

「行くか」

新市は財布だけを持ってマンションを飛び出した。

「……ない」

書道教室から帰宅した葛は、新市の姿がないことを残念に思いながらも、今日は遅くなるとは言っていなかったと自分に言い聞かせながら、荷物を置くために自室に戻った。そこで異変に気付いたのだ。

部屋の中の香の匂いが弱くなっている。里を出てからこの匂いに慣れた葛には、本当に薄くしか感じられなかった。慌ててクローゼットの扉を開いた葛の目に飛び込んで来たのは、あるはずのものがなく、ないはずのものが大量に詰め込まれた空間だった。

「ない……え？　どうして？　どうしてお香がないの？」

一度焚けば灰はずっと燃え燻《くすぶ》り続ける。そこに毎日少しずつ香を加えながら過ごして来たのだ。朝は確かにあった。ではその後は？

汗を拭くのももどかしく、葛は床に膝をついて香炉を探した。絶対に自分が置き場所を変えるはずがないのだ。香炉は美しく価値のあるものだが、それだけを目的に誰かが盗みに入るとは考えづらい。ではどうして香炉がないのか。

「帰って来ていたのか」

「新市さん。お帰りなさい」

焦る葛が振り返れば、手提げ袋を持った新市がいた。新市は、クローゼットの中に体を突っ込んでいる葛を見ると、やや気まずげに目を泳がせた。そして、葛にとってありがたくない事実が告げられた。

「香炉を探しているのか？」

「あ、はい。置いていた場所にないんです」

「それなんだが……悪い。俺が割ってしまった」

え――？

葛の瞳が驚愕に見開かれた。今、新市は何と言っただろうか。

「新市さん、お香が」

「俺の不注意で割ってしまった。すまない」

深く頭を下げた新市は持っていた手提げ袋を葛に差し出した。

「香を扱っている店に行って、似た匂いのを作って貰って来た。香炉も新しいのを買って来た」

まだ呆けたまま、葛はのろのろと袋の中を開けた。箱に入った小さな香炉。そして袋に詰められた灰と香。確かに、似ていると言えば似ているかもしれない匂いではあった。だが、問題は匂いではなく効能にあるのだ。それを新市は知らない。

「あ、ありがとうございます新市さん。それで、割れた香炉と中の灰は？」

「火事になるといけないから、水で湿らせて処分した」

「処分……」

濡れてしまったのならもう使えない。乾かせばもしかしたらまた利用出来るかもしれないが、すぐには無理だ。

「お手数おかけしました。新市さんは火傷《やけど》しなかったですか？」

「ああ、本当にうっかり落としてしまっただけだから」

「それならよかったです」

香炉は手に入った。灰もある。それなら手元にある香を使えばまた焚ける。安心して、葛は新市に微笑みかけた。

「もう少ししたらお夕飯の支度します。それまで少し待ってて貰っていいですか？　今日はお肉屋さんで大きな唐揚げの特売だったから買って来ました」

「唐揚げか」

「お総菜屋さんでぽてとさらだが出来たてだったたか

らそれも一緒に」

「なら、皿に移しておく」

葛に新しい香炉を受け取って貰えた新市は、ほっとした表情を浮かべ、軽い足取りで台所に向かった。

それを確認し、葛は香炉に新しく灰を入れ、それから都杷から貰った大切な香を混ぜようと引き出しを開け――そこで固まってしまった。

「……ど、どうして？　どうしてないの？　わたしの着物、それにお香！」

中に入っていたのは知らない服ばかり。里から持って来た着物は一枚もない。里の皆が、小さな葛のために神力を込めて作ってくれた着物が、ない。

「し、新市さん！　新市さん！」

葛は慌てて新市のいる台所に走った。袋から出した唐揚げを皿に移していた新市は、珍しい葛の形相《ぎょうそう》に「ん？」と首を傾げた。

「どうした？」

「新市さんっ、わたしの着物はどこにありますか？　ううん、着物だけじゃない。引き出しの中の荷物、どこに行ったんですか!?」

体当たりする勢いで新市に飛びついた葛は、必死になって尋ねた。

（あれがないと……あれがないとわたし、新市さんの側にいられない）

この大きさを維持するには必要不可欠なのだ。

「服ならあっただろう？　洋服が」

「ありました。でも着物がありません」

新市が着物の代わりに洋服を入れたのは考えるまでもなくわかった。問題は、消えてしまった着物と荷物だ。神力の宿る着物と香と薬。それがすべてなくなってしまった。

「あれは里のみんながわたしのために作ってくれた

着物なんです。あれがないとわたし……」
　葛は胸元をぎゅっと握り締めた。
　だが、葛のそんな行動は駄々を捏《こ》ねているように
しか新市には映らなかったらしい。
「——俺が買って来た服はいらないと？　俺がお前
のために買った服は着たくないって言うのか？」
　冷えた新市の声に、葛はハッと体を竦ませた。
「ち、違います。そうじゃない。新しい洋服は嬉し
いです。でも着物が」
「着物は捨てた」
「え？」
　これ以上ないほど葛の瞳は大きく見開かれた。
「今、今なんて……」
　着物を捨てた……？
「着物は捨てたと言ったんだ。前から言っていただ
ろう？　家事をするにも不便だろうと。着物があれ
ばお前はいつまで経っても洋服を着ないからな」
「だから捨てた……ですか？」
「着物がなければ洋服を着ればいい。裸で過ごせと
言っているわけじゃない」
　新市の手が葛の肩を摑み、ゆっくりと体から引き
離される。
「香炉を割ったのは悪いと思っているが、着物に関
しては謝るつもりはないぞ。お前ももっと明るく華
やかで動き易い服を着てもいい。もっと自分を磨い
てみろ」
　葛はすっと体の底から冷えて行くのを感じていた。
「ほら、食事は俺が全部支度する。お前も早く着替
えて来い」
　廊下の方へ背中を押された葛は、力無く部屋に戻
るため動き出した。
（新市さん……新市さん……あの着物がなくちゃわ

たし駄目なんです)

部屋に戻った葛は、それでも新市の言うように引き出しの一番上に置かれたシャツとズボンを身に付けた。そして、今まで着ていた着物の皺《しわ》を伸ばして、丁寧に畳んで仕舞う。

(この着物だけでどれくらい保つんだろう……)

新市の目の前で小さな体に戻ってしまうのか、それとも寝ている間に戻ってしまうのか。それがいつ来るのかわからないのは、とてつもない恐怖だった。

風呂敷で包んでいた小さな葛の絵も消えてしまった。もう葛には取る手立てがない。万智に連絡を取ろうにも、連絡先を書いた紙もなくなった。都杷と話をしたくても、手鏡も一緒に消えた。

新市に悪気はなかった。それは葛にもわかっている。本当のことを話せない自分も悪いのだ。話せばもしかしたら思い出してくれるかもしれない。思い出さなくても、信じてくれるかもしれない。だが小さな葛の証明の絵はなく、信じて貰うには小さく戻るしかない。

洋服に着替えた葛が台所に戻ると、新市は弁当を温め、茶まで淹れて待っていた。

「似合うな」

「ありがとうございます」

葛を見た新市は目を細めて破顔《はがん》した。その笑顔があれば、まだ頑張れる。

葛はそう信じていた。

だが、それが楽観的な考え方であったと知るのは、すぐだった。

香炉、薬、着物という葛の体を維持するために必要不可欠な道具が三つともなくなってしまったのだから、当然と言えば当然である。

そんな外的要因に加え、葛の心をさらに痛め弱らせたのは新市との不和だった。

捨てられたと知ったその日の夜、新市の前では気丈に振る舞ったものの、自分の「生」が関わっているだけに簡単にあきらめることが出来ず、夜中にこっそりと部屋を抜け出してゴミ置き場へ行った葛に新市は激怒したのだ。

ゴミになってもまだ着物の方がいいのかと。

引き出しの中をひっくり返し、洋服をすべてゴミ袋に入れ捨てに行くという新市に、葛は低頭して謝った。

「ごめんなさい、新市さん。ごめんなさい……！」

軽率だったとわかっている。自分が買ったものを頑なに拒まれれば、誰だって怒りたくなるだろう。それが善意からのものであれば特に。

「……もういい。好きにしろ」

怒った新市とは顔を合わせることが出来なかった。謝罪も受け取って貰えなかった。

そのまま自室に閉じ籠った新市は、翌朝にはマンションから消えてしまっていたのだ。

傷心のまま寝床に付き、起きた葛に残されていたのはしばらくホテルに泊まるという書置きで、それが新市の葛への抗議とわかり、胸が痛くなった。

「ごめんなさい、新市さん……」

いっそすべてを打ち明けたいと何度思ったことか。だが、思い切って掛けた電話が繋がらず、ここまで拗れてしまっては、葛の話を信じてくれる保証はない。

「新市さん、わたし、さびしいです」

新市に会うために里を出て来たのに、その新市がいない。今どこにいるのか。何を食べているのか。

誰と何をしているのか――。

葛の脳裏をパーティで見かけた華やかな人々の姿が通り過ぎる。美しく着飾った女たち、新市がもしかして彼女たちと一緒にいるのではないかと思うと、それもまた胸を苦しくさせる。

新市と暮らすようになって、毎日のように顔を合わせて来た。それがたった一日欠けただけで、もう葛の心も体も悲鳴を上げている。

「わたし、いつまで大きなままでいられる？」

鏡に映る自分の顔にそっと手で触れてみる。

新市に会って謝って話をするまでは、保って欲しい。

都杷に貰った飲み薬は、着物が捨てられる前日に呑んだから、効能だけを考えればまだ三日は余裕があるはずだ。

ただ、その薬の効果単独で保たせるには、おそらく足りないだろうというのもわかっている。

いつ消えるかもしれないというのは、大きな恐怖だった。

里で暮らしていた時に、野良狸に食われそうになった時も怖かったが、あれとは怖さの種類が違う。

葛は鏡から手を離し、絞った雑巾を持ってゆっくりと廊下に出た。

「新市さんが出て行ってもう二日。今日は帰って来るかな」

新市はモップを使えばいいと言ってくれたのだが、細かな部分の汚れを取り除くには、慣れた雑巾の方が使い勝手がよく、廊下はモップ、部屋の中は掃除機、それ以外のところは濡れた雑巾と乾いた雑巾を使って掃除するのが日課だった。

だが、

「あ……」

少し背伸びをしただけで、ふらりと体が傾いでしまい、慌てて壁に縋った。

昨日は少し体が怠《だる》いかなという程度だったが、今日になれば少し体を動かすだけで、すぐに息切れするようになった。歩く分には支障はないが、速く歩くということは無理だ。

弁当屋の方は新市が手配したのか、今日も昨日も配達には来なかったが、いつ戻って来てもいいように、おいしいものを作って待っていたい葛は、夕方の少し涼しくなってからいつもの商店街へ出掛けた。

軽いはずの日傘は手に重く、野菜を買おうと思っていたのに、持って帰る自信がなく、結局豆腐だけを買うにとどまった。

「葛ちゃん、元気ないけど夏バテかい？」

顔馴染みになった商店街のおかみさんたちには口を揃えて心配され、

「そうみたいです」

と返すのでいっぱいだった。実際に、里とここでは同じ夏でも暑さがまるで違う。おまけに着ているのが慣れた着物ではなく洋服で、体に張りつく汗もまた気持ち悪さを増加させていた。

傍から見れば和服の方が暑そうなのだが、以前葛本人が新市に話したように、なかなかに快適で過ごしやすいものなのだ。

暑さ、体力の低下、心痛。どれもが葛から生命を奪って行く。

じわじわと、何かをするたびに確実に体力——神力と命が削られて行くのが、葛にもわかった。

せっかく作った柚子《ゆず》胡椒《こしょう》つきの湯豆腐も、葛が一人で食べなければならなかった。

「今日も帰って来なかった……」

本当は玄関の前に布団でも敷いて待っていたい。

だが、休養を必要とする葛は寝る時にも着物が欠かせない。もし新市が帰って来た時に、葛が着物を纏っているのを見れば、また出て行ってしまう。

それならば、出来るだけ遅くまで起きて待っていようと思うのに、横になって着物に包まれればすぐに睡魔が葛を包み込む。

(新市さん、会いたい……)

ぎゅっと胸元を握り込んだ葛が深く眠りに沈みかけた時、微かな音が聞こえたような気がした。

言ってからしまったとは思ったのだが、一度口から出た言葉を戻すことは新市には出来なかった。

自分が買い与えた服を着た葛と共に取った食事は、常にない充実感を新市に与えていた。以前のパーティで着た以外、葛が洋服を着た姿を見たことがなかったためで、言い方は悪いが地味な和服よりも、若者らしいデザインのシャツを着ている方がよほど似合っていた。

何より、それまでは着物の下に隠されていたほっそりとした体の線が露わになり、それだけで新市は胸が騒いだ。

不快なざわめきではない。言葉にすれば陳腐だが、甘い砂糖水で出来た漣《さざなみ》が何度も立ち、もどかしいような恥ずかしいような、そんな気にさせられたのだ。

買った時には気づかなかったが、少し大きめのシャツの襟ぐりからは鎖骨が見え隠れし、ほっそりとした白い項《うなじ》には柔らかな髪の毛が掛かり、思わず肌の上に指を這わせたくなった。

魅力、誘惑という単語が幾つも新市の中を往復し、そのたびに気付かされたのは、怒ってはいても新市自身は葛のことを決して嫌いになったのでも、許さないと思っているのでもないということだ。

葛に悪気がないのは新市もわかっている。ただ自分が狭量なだけなのだとも思う。

しかし、ふわふわの頭を下げて、

「ごめんなさい」

と何度も謝罪する葛を見下ろしていると、華奢《きゃしゃ》な体を抱き締めて、犯してしまいたくなる衝動が起こるのを止められなかった。

腹立ちと欲望が葛という少年を求めて体の中を熱い血となって巡って行く。

このまま側にいては、きっとめちゃくちゃなことをしてしまうだろう。自分が買ったシャツを着たままの葛の体に圧《の》し掛かり、甘い香りがする肌に舌を這わせ味わい、細い腰を抱き寄せて、足を開いてその奥を暴《あば》きたい。何も知らない無垢な少年に、自分の欲を突き付け、中を穿《うが》ち、精を吐き出したい。

欲望は留まるところを知らず、新市の中を暴れ回った。

——危ない。

マンションを出たのは、このまま側にいてはきっと葛を泣かせてしまうという最後に残ったなけなしの理性を総動員した結果だった。荒ぶる感情の赴くままに葛を抱けば、体は手に入るかもしれないが、心までは手に入らないだろうという予感が、新市の中にはあった。

勢いのまま、何度か利用したことのあるホテルにチェックインした新市が、まっすぐに向かったバスルームでしたことと言えば、葛を思いながら欲を吐き出す自慰行為なのだから、終わっているなと自分でも呆れたものだ。

「葛、すまない」

泣かせたいわけではないのに泣かせてしまった。

その顔を思い浮かべながら快感に浸るなど、人として終わっていると自己嫌悪に陥るも、二度としないとは誓えない。

泣いている葛の顔は、新市の胸の奥底にある何かを何度も叩き起こそうとする。

自分でもわからない感情がぐるぐると渦になって吹き出しそうになるのを抑え、何とか大丈夫だろうとマンションに帰ることが出来たのは、三日目の夜中だった。

真っ暗だと思われた部屋の中は、小さな灯がついていて、いつ新市が帰って来てもいいようにとの葛の気遣いが感じられた。

こっそりと覗いた部屋の中には、寝息を立てて眠る葛がいて、安心した。

連絡も何もしなかったのだ。出て行ったとしても文句を言えた義理ではないが、いてくれたことに感謝した。

「冴島のところには戻らなかったんだな」

華やかなファッションモデルがこのことを知れば、どんな顔をして怒鳴り込んで来るかわかったものではない。

身内だという話をそのまま信用しているわけではないが、確かに二人の間にはどこか似通った雰囲気があり、そのことは新市を少し安心させた。二人の間にあるのは恋愛じみたものではなく、あくまでも親類縁者など身内意識であるのだと。

「葛、お前、少し窶《やつ》れたか？」

足音を忍ばせて近づいた新市は、眠る葛の頬を指でそっとなぞり、肌の上で指を止めた。すこし濡れた跡は、葛の涙がつけたものだった。

「……葛……」

何とも言えない慙愧《ざんき》の念が湧き起こる。

想像の中で泣く葛を犯した自分だが、こうして実際に泣いた跡を見つけてしまえば、どれだけこの子を悲しませたのかを突きつけられてしまう。

（俺はもう二度とこの子を泣かせたくないのにな……）

まるで小さな子供を扱うように、新市は何度も葛の頬や頭を撫でた。

そして夜が明ける直前まで側にいて、そっと部屋を出た。

寝惚《ねぼ》けて疲れた顔のまま起きて来た葛は、台所で茶を飲む新市の姿を認めると、はっと息を呑み、くしゃくしゃと顔を綻《ほころ》ばせた。

「お、おはようございます、新市さん」

「おはよう」

「あ、ごはん、食べますか？」

「軽いのを頼む。それからな、葛」

「はい」

「今日は仕事で出掛けるが、帰って来たら時間をくれ。二人で話をしよう」

「……いいんですか？」

「いいから言ってるんだ。ほら、お前も座れ。顔色もよくないぞ」

「これはっ……新市さんがいたから驚いたのと嬉しかったから」

少しだけ戻った日常だった。


それは突然だった。

「……！」

ベランダに干していた洗濯物を取り入れていた葛は、いきなり全身を襲った痛みに悲鳴もなく倒れ込んでしまった。

（し、新市さ……ん、たすけて……）

必死になって起き上がろうともがくが、指を動かすだけで走る激痛は葛から動きさえも封じてしまった。

（これが新市さんを騙していた罰？）

人の姿を維持するために必要だった道具を失ってから四日目のことだった。いつ来るかと恐々待ち構えていた瞬間は、あっという間に葛を人の世界から切り離し、本来あるべき姿に戻そうと働きかけていた。

着物がなくなってからはたった一枚残された着物だけが頼りで、出来るだけ力や体力を使わないでいいように、新市のいない昼間は自室で着物を被って寝ていた。葛の体に吸収されてしまうからか、着物に包まるたびに香の匂いは薄まり、もう微かにしか感じられないくらいになっていた。


覚悟はしていた。だが、この体の痛みは尋常ではない。苦しくて、体が引き千切られそうなほど痛い。

（新市さん、ごめんな……さい。洋服、ちゃんと着ることが出来なく、て、ごめ……）

今朝、ようやく新市は帰って来てくれた。葛の作ったご飯を食べてくれた。今日は朝から仕事だから、帰って来たらいっぱい話そうと言ってくれた。

（まだ、だめなのに……まだ話、してないのに……）

それなのに今、葛は新市に許して貰う前にいなくなろうとしている。

（わたし、消えてなくなってしまうのかなあ）

神様は死ぬことはないと都杷は教えてくれた。ただ、死ぬのではなく消えるのだと。痛いのかと尋ねた小さな葛に都杷は「わからない」と答えた。経験したものは消えるのだから当たり前だ。

万智も言っていたではないか。小さな葛には神力が不可欠で、それがなくなれば消えてしまうと。

遠くなる意識の中で、葛は痛みに悲鳴を上げる体を動かして、何とか室内に戻ることが出来た。

「わたしの絵……も、一度……」

新市の寝室に飾られてある幸せいっぱいの小さな葛。鍵が掛かっているのはわかっているが、それでも一目見たいと願い、葛は必死になって廊下を這った。瞳からは涙が零れているが、痛くて泣いているのではない。二度と新市に会うことが出来ないことを心の底から悲しんでいるのだ。

寝室の扉の前で葛は手を伸ばした。取っ手に手は届かない。そして扉は開かない。

遠くでカァと鳥の鳴く声が聞こえる中、伸ばされた手がするりと床に落とされた。


「神森ッ！」

若手の文化人を集めた番組が収録される予定のスタジオにいた人々は、いきなり駆け込んで来て画家を殴り飛ばしたのが最初は誰だかわからなかった。それくらい、常のイメージとはかけ離れていたからだ。

「神森先生！」

スタッフが悲鳴を上げ、殴り飛ばされた新市に駆け寄った。殴った方の万智は、同じようにスタッフが背後から羽交《はが》い絞めにすることで、何とか突進するのを引き留めている状態だ。それなりに力自慢の機材スタッフは、トップモデルに抱きつけるという栄誉を喜ぶよりも、麗人が出す予想以上の力に引き離されまいと必死だった。

「冴島さんっ、落ち着いて」

「これが落ち着いていられるか！　あのクソ神森の野郎を殴らせろ！」

「だから落ち着いてください！　誰か、冴島さんを押さえるのを手伝って！」

　慌てて他のスタッフが万智の手足を押さえようと動き出すが、それよりも万智がスタッフの腕を振り払って再度新市に突進する方が先だった。

　最初の一撃で壁まで飛ばされた新市は、口元から流れる血を拭い、眦《まなじり》を吊り上げて詰め寄る冴島の顔を呆然と眺めていた。

「冴島……？」

「そうだ、僕だ」

　側にいたスタッフが慌てて新市を助け起こそうとするが、それよりも万智が胸元を締め上げる方が先だった。モデルだけあり万智も長身だが、身長も体格も新市の方が勝る。細い腕なのにどこから力が出て来るのだろうと、まるで無関係なことを考えていた新市の耳に、とんでもない爆弾が落とされる。

「葛が死にかけている」

「は？」

「葛が死にかけていると言ったんだ！　お前、葛に何をした!?」

　血相を変えて詰め寄る万智の顔を見つめる新市の顔に、驚愕の色が広がった。

　冴島万智は、今、何と言った……？

「葛が……って、それは本当なのか？」

「当たり前だ！　だから僕がここにいる！　お前のマンションだ。鍵を寄越せ。早く行かなくちゃ間に合わない！」

　焦る万智は非常に珍しい。喜怒哀楽ははっきりしている男だが、ここまで必死な姿を見たことのある者は、この場には誰一人としていなかった。

「ほら、早く出せって！　おいそこのシマシマ！　神森の荷物はどこだ？　控室にあるなら急いで取って来い！」

万智の命令に、ストライプのシャツを着ていたスタッフが駆け出す。

「ちくしょう……っ、どうして、どうして葛が死なきゃいけないんだ……っ」

クソッと言いながら、万智は新市を絞める手に力を込めた。

「本当なのか？　葛が、葛が危ないのは」

「お前！　この期《ご》に及んでまだ信じられないっていうのか！　お前のせいなんだろ！」

必死な万智の形相に、ようやく新市の頭の中に現実が戻って来る。

「葛とは……今日、家に帰ったら話をする約束をしているんだ……」

それなのに、葛が死にかけていると万智は言う。病気か、それとも事故か。強盗でも入ったのか。

「冴島さん！　カバンの中を探しましたが鍵はどこにもありません！」

戻って来たスタッフが叫ぶ。

「もっとよく探せ」

まだどこか現状が頭に追いついていない新市だが、本能が危機を告げていた。

今動かなければ、絶対に後悔する、と。

「鍵なら俺が持っている」

「——は？」

「俺が持っている。だから俺も行く」

「早く言え、馬鹿野郎！　誰か、下にタクシーを手配！」

万智は走りながら叫んでいた。新市も負けじと続く。廊下を走り去る二人を怪訝な表情で見る目は幾つもあったが、気にする余裕など二人にはどこにもなかった。

万智の剣幕《けんまく》に恐れをなしたのか、二人がロビーに出た時には既にタクシーがいて、「冴島さんですか」と声を掛けて来た。

「急いで出してくれ。知人が危篤《きとく》なんだ。神森、住所を早く」

危篤の言葉に、運転手は住所を確認するとすぐに車を発進させた。

万智はイライラと足を踏み鳴らしながら前の座席のヘッドレストにしがみつき、まだかまだかと焦った表情で、新市は反対に祈るように両手を握って俯き、緊迫した時間が流れた。

こんな時、オートロックと自室玄関の二重ロックが恨めしい。焦りながら鍵を取り出そうとすれば落ち、鍵穴にもうまく入らない。映画やドラマでよく使われるシーンをまさか自分で経験するとは思いもしなかった。

「葛！」

先を争うように開いた扉から中に駆け込んだ。新市は台所に、万智はベランダに。だが葛の姿は居間にもない。

「葛の部屋は」

「右だ。俺はトイレと洗面所を見て来る」

気を失ってトイレで吐いているのではと思ったがそこにも葛の姿はなく、焦る気持ちばかりが募る新市の耳に、

「葛ッ！」

悲痛な万智の叫びが聞こえ、慌てて声のした方に走った。葛の部屋より奥、新市の寝室の前に万智の背中が見える。

「冴島、葛は！」

だが、肩越しに見ても葛の姿はどこにもない。ではさっきの悲鳴は一体なんなのだと首を傾げるより先に、万智は首だけ回して新市をふり仰いだ。目元が赤いのは、泣いているからなのか、それとも怒りのせいなのか。怒り――確かに万智の目は新市を責めていた。そして、悲しみを湛《たた》えていた。

「――葛だよ。葛はここにいる」

「だからどこに――！　それは……ッ」

万智は立ち上がると、自分の両手をすっと新市に差し出した。

「そう、これが葛だ。これが、葛の本当の姿だ」

白い手のひらの上に胎児のように小さく丸まって眠る子供がいた。鳥の巣のようなふわふわの薄茶の髪で、すべすべの肌をした小さな子供――葛が。

「さ、冴島、冴島、ちょっと待ってくれ」

「待たない。葛は十分待った。十分我慢した。もうこれ以上は無理だ。ここに置いてはおけない」

「違う、そうじゃない。そうじゃなくて、葛――葛……」

新市は頭を押さえた。額の奥がじんじんとして何かがせり上がってくるのを感じる。

「遅過ぎたんだよ、お前は」

葛を抱いたまま万智は洗面所に向かった。まさか葛に水を掛けるのかと思った通り、水道の蛇口を捻《ひね》った万智は、指に垂らした水滴を葛の上にぽたりと落とした。

「これで少しだけ渇きを癒せる。それから」

今度は洗面台に栓をしてそこに水を貯め始めた。何をしているのか新市にはわからない。だが、真剣な万智の表情から邪魔をしてはいけない雰囲気なのはわかった。

シンクの縁ギリギリまで水を貯めた万智は、そこで新市を振り返った。

「香炉」

「は？」

「香炉を持っていただろう？　葛は。それを持って来い」

まさかこの場面で香炉が必要になるのかと思いつつも、新市は首を振った。

「葛の香炉はない」

「ない？　まさか！　この子が捨てるはずがない」

「違う。葛じゃない。俺だ。俺が割ってしまったんだ」

万智の細い眉がギンと跳ね上がった。

「じゃあ、もしかして薬もないのか？　そうだよな、薬があったらここまで苦しむ必要はなかった」

万智の独り言は新市には聞き捨てならないものだった。

「薬って何のことだ？　葛は持病を持っていたのか？」

「持病……それに近いものはある。だが三日に一度は飲む必要があった。香炉がなくても、薬があればまだ猶予はあったはずだ」

「ちょっと待て。薬だな」

新市は空き部屋に走った。以前葛の部屋で取り替えた引き出しを床の上に出し、中を漁るまでもなくそれはすぐに見つかった。割れないように着物と着物の間に包まれた小さな瓶が数本。中身は銀色の輝く粉が浮いていた。

「これが薬か……」

洗面所の万智は、新市が手にした薬を見て眉を顰めた。

「どうしてお前が持ってる？」

「……俺が隠した」

「隠したァ？　なんだよ、それは！　お前！」

「誓って言うが、俺は薬が入っていたことも葛がこれを飲んでいたことも知らなかった」

「知らなかったら何をしても許されると思うな、神森新市」

「……そうだ、冴島の言う通りだ」

「文句も何もかも後だ。とにかく葛をどうにかしないと。神森、その薬の蓋を開けて中の水をここに入れろ」

「いいのか？」

「いい。一刻も早く連絡をつけなくちゃいけないいんだ」

　急かされた新市はすぐに銀の薬の中身を水の中に零した。不思議なことに、ただ注いだだけなのに、浮いていた銀の粉が水面でぐるぐると円を描くように動き出す。やがてそれは、ゆっくりと広がって一枚の銀の水面を作り出した。

「都杷様。万智です。葛の一大事です」

　黙って見ている新市の目の前に、万智よりもさらに女性的な美貌が現れたのは直後だ。

『元に戻ってしまったようだね』

「はい。今は気を失って眠っています。ただ、神力がもう消えかかっていて……」

『まだ姿を保っているのなら間に合う。万智、すぐに来れるかい？』

「行きます」

『では道を作ろう。――お前の一番好きな場所に道を作った。そこを通って飛んでおいで』

「ありがとうございます、都杷様」

　艶然と微笑んだ水鏡の向こうの麗人の銀色の目が、新市に向けられた。

『お前を想う葛の健気《けなげ》さ故に手を貸したのは私だ。

だけれども、お前は思い出さず、葛は今消えかかっている。だから返して貰うよ、我々のところへ』

「！　待て、待ってくれ！　それはどういうことなんだ！」

『それは私が伝えることではないのだよ、新市。お前が自分で思い出さなくては意味がない。そして、葛はその賭《か》けに負けた。――さあ、万智。戻っておいで、私の元へ』

新市はハッとした。

「葛！　冴島！」

洗面所にいたはずの万智の姿はなく、当然葛もいない。慌てて飛び出した新市の耳に、バサバサと何か大きなものがはためく音が聞こえた。

「今度はなんだ、クソッ！」

自分の知らないところで知らない何かが起こっている。次から次に目まぐるしく変わる状況と与えられる情報に、新市の頭の中はいっぱいいっぱいだった。だがそれよりも勝るのは、葛のことだけだ。

音のした方角、居間に駆け込んだ新市はベランダに立つ万智を見て、ひゅっと息を呑んだ。

そこにいたのは新市の知る冴島万智ではなかった。黒いジャケットは部屋の中に放り込まれ、背中からは大きな二対の黒い羽が揺れている。

「天使……いや、悪魔か？」

思わずそんな呟きが漏れてしまうほど、空を背後に従えた万智の姿は幻想的で、現実にはありえないものだった。

「天使でも悪魔でもない。僕はただの神だ」

バサッと音を立てて羽が広がる。その音に、新市ははっと我に返った。羽を広げる、つまりは空を飛ぼうとしていることに気がついたからだ。それは葛が新市の目の前から消えることを意味している。未だに葛の体は万智の手の中にあるのだから。

「冴島！　葛を、葛に会わせてくれ！」

「それを決めるのは僕じゃない。葛は連れて行く。手遅れにならないうちに」

万智の体がふわりと宙に浮かんだ。そして万智はそのまま手摺を乗り越え、空に向かって黒翼を大きく羽ばたかせた。

「葛！」

ベランダの手摺から身を乗り出す勢いで手を伸ばすも、すでに空高く浮かぶ万智に届くはずがない。一度新市の方を睥睨《へいげい》した万智はすぐに上を目指し、新市の見ている前で青に溶け込むように消えていった。

「葛……」

残された新市はがっくりと膝を着いた。不可思議な出来事の連続は、新市を驚かせこそすれ、それ以上でも以下でもなかった。新市の中に占められているのはただ一つ。葛が自分の元から去って行ったという事実だった。

「葛はどこに……？」

手摺に凭《もた》れ空を見上げても、そこにあるのはいつもと変わらない空だけで、他には何も変わったところはない。

たった今、目の前で葛が消えたことさえもなかったことになってしまったように――。

「葛……」

葛がいない。

その事実は何よりも新市を打ちのめした。

まだ陽射しがきついにもかかわらず、全身に走るのは寒気で、喪失感から来るものだというのは考えるまでもなくわかっていた。

家の中に駆け込んで葛を見つけ、それからいなくなるまでに要した時間はほんの僅か。三十分も掛かっていない。

それなのにもうずっと長く葛が傍にいなかった気がして、新市は手摺を摑む指に力を込めた。

もう少し手を伸ばせば届いたかもしれない。

もっと早く走っていれば、冴島に取り縋り葛を取り戻せたかもしれない。

もっと早く家に帰っていれば……。

考えれば考えるほど後悔ばかりが押し寄せる。それは、葛の服を隠した時以上の深い後悔で、そして、どんなに新市が謝りたくても葛は、ここにはいないのだ。

「葛……葛……」

藁《わら》にも縋るとはこのことを言うのか。

銀髪の男に尋ねればもしやと思い、のろのろと洗面所に戻るが、すでに銀の粉は溶けて沈み、新市の問いに答えてくれる人はどこにもいない。

「くそっ……！」

葛はどこに連れて行かれたのか？　葛は無事なのか？

鏡に映った新市の顔は酷いものだった。万智に殴られた頰は腫れあがっていたが、一瞬にして窶れたとも言える。

しかし、このまま手をこまねいているわけにもいかない。不可思議な出来事なのはわかった上で、葛を求めて新市は動き出さなければならない。

葛の部屋をチラリと見て、空き部屋に行き、出しっぱなしにしていた引き出しを抱え、戻って来た。

そして着物に触れ、呟いた。

「すまない、葛。本当に俺が悪かった。着物くらい好きに着せてやればよかった。余計なことを俺がしなければ……」

葛が死にかけることも、いなくなることもなかった。

新市は着物を取り出し、ベッドの上に並べて置いた。どの着物も一度以上は見たことのあるものばかりで、数の少なさに苦笑が漏れると同時に、葛が本当に大事に着ていたのだと改めて知った。

そうして引き出しの中のものを順番に出していた新市は、銀の小瓶と手鏡を見つけ、それから風呂敷包に辿り着いた。

「これは……？」

畳まれているだけかと思ったが、触ると固く少し大きい。なんだろうかと畳の上で包を解いた新市は出て来たものに息を呑んだ。

「これは……俺のスケッチブック？」

記憶を失っていた新市が唯一持っていたスケッチブックと同じものがあったのだ。本当に自分のものだろうかと確認のために中を開いた新市は、次の瞬間には頭を抱え、目から大粒の涙をいくつも零していた。

そこには、絵があった。零れんばかりの笑みを浮かべる葛の姿が。

ここにいた葛ではない。「原点」の絵のままの小さな葛の姿が幾つも描かれていた。他の誰でもない、新市自身の手によって。

「あ……あぁ……！　葛、葛……！　俺の小さな葛……お前だったんだ、お前は俺のところにまで来てくれてたんだな……ッ」

スケッチブックに描かれていたのは、葛だけではない。猫を撫でる早苗、ぼんやりと茶を飲む櫨禅と千世。新市が津和の里で暮らした風景があった。

頭の中に流れ込んで来た様々な光景、多くの会話。失われていた記憶の欠片がすべて戻って来た瞬間に、手の中にあったはずの幸せが――葛は失われてしまった。

「葛、ごめんな。俺が悪かった。本当に悪かった……気づかなくてごめんな……葛ぁ……」

忘れていた約束が蘇る。会いに行くからと新市は確かに葛にそう言った。小さな葛、転んで泣いて手を伸ばしていた子供。

二年待って、それでも来ない新市を追い駆けて津和の里から出て来た葛。

「頑張ったな、葛。お前、すごく頑張ったぞ。さすが俺の葛だ」

新市の後をちょこちょことついて回った小さな神様。面影はこんなにもはっきり残っているのに、どうして気づかなかったのか。どうしてもっと優しくしなかったのか。

後悔ばかりが押し寄せる。もはや、新市の生活に葛の存在は不可欠だった。小さな葛も大きな葛も、葛という神様が新市には必要だった。

新市はスケッチブックを抱いて泣いた。きっといつか新市の記憶が戻ると信じて、その時にはこれを見せて自分が葛だと伝えようと思っていたのだろう。

「葛、お前は俺を許してくれるか？　俺が同じことをしても受け入れてくれるか？」

新市は涙に濡れた目を上げ、虚空に向けて呟いた。

小瓶の中の銀粉がぐるぐると回って見つめていたことに、新市は気がつかなかった。

「それで？　今度はお前が里に行きたいって？」

「葛に会いたい。頼む。会わせてくれ」

新市は万智の前で平身低頭し懇願していた。

「思い出したんだ？」

「ああ。全部思い出した。津和の里にいた時のことも、葛がこっちに来てからのことも。それから——葛との約束も。俺は会いに行くと言ったんだ」

約束が履行されるのをただ待つのではなく、葛は自分から飛び込んで来てくれた。何も覚えていない新市に、それでも慕い尽くしてくれた。

「今度は俺が会いに行く。今度こそ、会いに行く」

床の上で力強く握られた拳は新市の決意の表れだった。葛がいなくなって一週間、冴島と連絡が取れるまで五日、何度も何度も取次ぎを拒否されて、今日ようやく撮影現場で捕まえることが出来たのだ。当然周りには撮影スタッフもカメラマンもいる。冴島に会いたいとやって来たボロボロの男が神森新市だと気付いたのは、以前一緒に仕事をしたことがあるカメラマンだけだった。手入れをしない髪はぼさぼさで、髭も剃《そ》っていない。頬は窶れ、満足に眠っていないのは尋ねるまでもなくわかることだ。

そのボロボロの姿の中で、瞳だけは強い意思を込めて冴島を見つめている。

「俺は葛に会いたい」

「——僕の一存では決めかねる。正直、僕はもうちびにお前を会わせたくない。辛いだろう？　きついだろう？　なあ神森、けどちびはもっと辛かったんだぞ。もっと傷ついたんだ。言ったはずだ。ちびを丁寧に扱えと。ちびを泣かせるなと。お前はそれを軽く受け止め過ぎていたんだ」

冷たい万智の言葉が新市の体に突き刺さる。だがそれも甘んじて受け入れなければならない罰だった。

「僕は反対だ。それ以上にちびの保護者が激怒している」

「……千世か？」

肩を竦めた万智に、それも仕方ないと新市は肩を落とした。里にいる時から千世は葛と新市が距離を縮めるのをよしとしなかった。そもそも、新市が里を出るよう仕向けたのも千世だ。円満な別れ方をしていれば、もう少し別の再会があったかもしれないが――今となってはすべてが遅い。

「罵《ののし》られてもいい。殴られても蹴られてもいい。謝罪が必要なら何度でも頭を下げる。葛を救うために俺の命が必要なら半分やる」

「そこは全部じゃないんだな」

半眼で見下ろす万智に、新市は微笑んだ。

「俺がいなくなったらきっと葛は泣いて悲しむ。俺はなあ、冴島。もう葛を泣かせたくないんだ。半分じゃなくてもいい、ほんの少しだけ、葛と話をする時間だけが残されていればそれでいい。俺は……もう一度生きている葛をこの手で抱き締めたい」

そして口づけたい。一度だけ唇に触れた。もう一度温もりを感じ、伝えたい。

「俺は葛を愛してる」

握り締めていた拳を開き、手のひらを見つめる新市の瞳には、そこにちょこんと座って笑う葛の姿が見えていた。

じっと新市の様子を眺めていた万智がふっと息を吐き出したのが聞こえた。

「――もしも里から戻った時に記憶があったとして、お前はどうやってちびに会いに行くつもりだったんだ？」

「勿論、俺が里に行くきっかけになった山に行って――」

新市はハッと顔を上げた。

（そうだ。それがあった）

どうやって自分が里に入ることが出来たのか理屈

はわからないが、少なくとも何も知らなかった新市を引き入れることの出来る力があの山にあったのだとしたら？

新市は立ち上がった。万智が葛を連れて消えた衝撃が大き過ぎて、頼むしかないと思い込んでいたが、それ以外にも方法はあったのだ。少なくとも、新市は里に繋がる場所を知っている。

「ありがとう、冴島」

足を組んで座る万智は、フンと気のない様子で鼻を鳴らした。

「勝手にしろ」

「ああ、勝手にさせて貰う」

新市の全身に力が漲《みなぎ》った。あの場所に行ってすぐに里に行けるかどうかはわからないが、都会で手をこまねいているよりは、よほど葛に近い。

マンションに帰った新市は大きなスポーツバッグの中に着替えを詰め込んだ。それから画材を詰め込んで、最後に葛が着ていた着物とスケッチブックを持ち、立ち上がった。

葛がアルバイトをしていた書道教室にはしばらく休む旨《むね》は伝えている。新市は二カ所にだけ電話を掛けて長期の不在を告げた。一つは前田で、もう一つは恩師の的場だった。

「ご無沙汰しています先生、神森です。——ええ、ありがとうございます。実はまた少し遠出をすることになって、いつ戻るかまだわからないんです。——ああ、はい。絵は描きます。俺から絵を取ったら何も残らないですからね。描きたいもの、どうしても描きたいものがあって——はい、大丈夫です。先生にお伝えしたのは、また失踪だと騒がれてご心配を掛けたくなかったからです。——ええ、戻って来ます。——はい、その時にはきっと最高傑作を手にしていると思います。先生もお体に気を付けてください。帰って来たら教室の方にお伺いします」

葛に会い、その後どうするかは未定だ。一度失踪で騒ぎになった新市だけに、再び老齢の恩師に心配を掛けるのも忍びなく、的場だけには詳しい事情を伏せて話しておく必要を感じたのだ。

「よし。これでいい」

財布はある。葛との時間を削って入れた仕事はまだ余裕がある。葛を探しながら描いてもいい。

新市は葛が落としていった鍵を首に掛け、マンションを出た。まだ陽射しが強い夏の午後、今度いつここに帰って来られるのかわからないが、その時には葛も一緒だと心に決めていた。

葛が津和の里に戻されて二カ月。もう季節は秋も半ばになっていた。来た時には緑の多かった山の色も徐々に赤や黄色に変わりつつある。

民宿の離れに戻った新市は、日に焼けた顔をタオルで拭い、ほうっと息を吐いた。

「もう秋だぞ、葛。山がとってもきれいになったぞ。里の山はどうだ？　もう田んぼは黄色くなったか？　秋になったら栗拾いに行く約束をしていたのを覚えているか？」

津和の里との接点を求めて新市が訪れたのは、二年前に訪れたことのある山間の小さな町だった。行政区画上、町の名が冠されているが実際は段々畑の広がる長閑な農村地帯で、集落が町の中央に集まっている以外はポツポツと農家が点在するだけの地域である。

売り物と言えば新鮮な野菜があるが、一点だけ特徴があるとすれば天然の温泉が湧き出ていることで、町に数箇所ある温泉施設は、美肌と長寿の効果があるというもっぱらの噂で、それなりに宿泊客も多かった。

新市が自分の拠点に決めたのは、少し離れたところにある民宿の一つで、離れがまるまる一つ借りられるのが魅力だった。最初は旅館に泊まっていたのだが、滞在が長くなるのと、新市を追い駆けて来た前田の懇願で、里を探しながら絵を描かなければならなくなったからだ。

最初は仕事も断ろうかと思ったのだが、絵を描く新市が好きだという葛の言葉が蘇り、胸を張って会いに行くためにはそれも必要だと気持ちを切り替えた。

起きている時間の半分を山の中の探索に使い、残りを絵や他のことに使った。描いているのは主に田園風景で、日毎《ひごと》に色を変える山や景色を残すのは意外と新市の心を落ち着かせることに役立った。

来た当初は一日中、山を歩き回ってへとへとになり、民宿の老夫婦に心配されたりしたが、切り替えが出来るようになった今では六時間の山歩きも平気なくらいに足腰も鍛えられた。

民宿に新市の仕事道具が運ばれるのを見た近所の人たちからは、絵描きの先生と呼ばれ、時々は野菜などの差し入れを貰うこともあり、民宿の夫婦を喜ばせた。

「神森先生、お帰りですか？」

障子の向こうから民宿のおかみの声がして、山を眺めていた新市ははっと顔を上げた。

「ええ。今帰ったところです」

「そうですか。いえさっきですね、神森先生に会いたいという方がいらしてて、お留守だったからまた後で来るようなことを仰ってました」

「俺に？」

「ええ。いつも来る方とは違いますね。お二人連れでしたよ」

前田や万智の顔を老夫婦は知っている。仕事の話をしに来る前田が来るのはともかく、万智までがふらりと民宿を訪れた時、何かの間違いかと思った。

万智曰く、本気で新市が探しているかどうかを確認するのと、前田の画廊のオーナーや自分が所属する事務所の社長からも様子を見て来るよう頼まれたかららしい。

かなり大きな事務所の社長がまさかの新市の絵のファンで、もしも新作を描いているのなら売約済みの札を貼って置けとまで言われたと言うのだ。実際に万智は、キャンバスが並ぶ部屋の中をぐるりと見て、まだ何も手をつけていないまっさらな布地に、手製の売約済みの札を貼りつけた。

「これ、決定だから。ちゃんと描けよ」

と言って。その絵の仕上がり具合を見るのが半分、残りの半分が温泉に浸かりに来るというのは愉快な理由だと思った。

「冴島と前田以外にここを知ってる人はいないはずだが」

恩師にも行き場所は告げていない。ただ時々絵葉書を出して、絵を描いていることだけは知らせている。

「あとから来るそうですから、また来られたらご案内しますね」

「手間を取らせます」

ごゆっくりとおかみが去って、新市はサンダルを履いて庭に出た。庭には大きな柿の木が立っていて、今は青い実がぶら下がっている。もう少し熟したら軒先に吊るして干し柿を作るのだと言っていた。

「干し柿か。葛は食べるかな」

そう言えば、マンションで一緒に暮らしている間にあまり好みの話はしなかった気がする。甘いケーキは喜んで食べたし、和菓子が好きだから全般的に甘いものが好きだと思っていた。

赤い苺を頬張って、酸っぱくて甘いと笑った葛の笑顔は、今でもはっきりと覚えている。

一度思い出の箱の蓋を開ければ、里での葛も、人間の町での葛も両方の葛の顔と声が何重にもなって蘇ってくる。

だから、新市は望みを掛けてここに来た。

「葛、また一緒にうまいものを食べような」

誰にともなくそう呟いた時である。

「葛は干し柿は好きだぞ。毎年、柿に紐を結びつけるのは葛の役目なんだ」

柿の木を見上げていた新市は、いきなり背後から聞こえて来た声に驚いて振り返った。

「種まで齧ろうとするから大変なんだ」

「千世……？」

松葉色の着物を着て立つ千世は、最後に会った時と同じようにどこか不機嫌な表情で腕を組み、新市を見つめた。隣には見覚えのある黒く大きな犬が大人しく座っていたが、目は新市から離されることはない。

「千世、葛は!?」

新市が勢い込んで千世に近付こうとするが、それは立ち上がった黒犬が間に入ったことによって叶わなかった。牙《きば》を剝かれたのでも威嚇《いかく》されたのでもないが、近づくなと真っ直ぐに見つめる目が語っている。

「都杷様に言われてお前を連れに来た」

万智の語り口から殴られるのも覚悟していた新市は、予想外の千世の言葉に眉を寄せた。しかしそれも一瞬で、何の用があるのかわからない都杷よりも「連れに来た」という言葉に注意が向く。それはつまり、新市が津和の里に行けることに他ならない。

あれだけ探しても境界へと続く道を見つけることが出来ず、何度呼びかけても反応すら返ってこなかった津和の里の住人――神様からの招待に、新市は全身に力が漲るのを感じた。

「俺はお前を許していないし、里に入れたくもない。だが、都杷様がお前が必要だと言う」

本人の発言通り、新市を見る目は冷たく、瞳の中には怒りの炎が見える気がする。だが、新市が葛にしたことを思えば、本当に殴られても仕方がないのだ。

「葛のことは何度でも謝る。気が済むまで殴ってもいい。だから殴られて喋れなくなる前に本人に謝らせてくれ。葛に会わせてくれ。そのために俺が必要なのだとしたら何でもする」

それは最初から覚悟していてのことだ。万智に言ったように、命の半分でもひとかけらでも残してくれるのなら、すべてを取られても構わない。

「頼む千世。俺を津和の里に連れて行ってくれ」

「……二度と戻れないかもしれないぞ」

「それも承知の上だ」

万智の言葉が真実なら、津和の里に住む人たちはみな何らかの神様なのだ。あの葛でさえも恐らくは神なのだろう。その神を傷つけ消滅の危機を招いてしまった新市は、神罰を受けても仕方がない。

(だが、俺は葛を連れてきっと帰って来る)

今度こそ二度と手を離さないように。

「今からすぐに行くのか？　それならおかみさんに

不在にすると伝えて来る」

「……お前、怖くはないのか？」

　母屋の方へ歩きかけた新市は、千世を振り返り肩を竦めた。

「怖いに決まってる。俺は里の皆にとっては憎むべき対象なんだろうからな。だけどな、千世。葛に永遠に会えなくなってしまうことの方が何倍も怖いんだ」

　知らないところでいなくなってしまうのではないか、その恐怖は常に新市の側にある。里に帰ってからの葛のことは何一つ知らないのだ。今この時でさえ、千世の口から現在の葛の様子を語る言葉が出て来ることはない。不安はある。だからすぐにでも里に行きたかった。

　ここで明日とでも答えようものなら、気を変えた千世が迎えに来ないかもしれない。都杷に命じられて渋々来たのがわかるだけに、この機会を逃すわけにはいかないのだ。

「すぐに戻って来るから、そこで待っててくれ」

　新市は民宿の夫婦にしばらく知人の別荘に行くことになったと話し、同じ内容のことを前田にも伝えた。

　そして、山に来た時と同じようにボストンバッグとスケッチブック、画材を抱え、千世と犬と共に山に入った。

　なだらかな山道は新市が毎日歩いている道だ。そこを千世はスタスタと歩く。どこに里に続く道があるのだろうと目を凝《こ》らすが、どこにもそれらしいものはない。

　しばらく歩いてから千世の足は細い道に分け入った。細いと言っても丸木で固めた階段があったりと、登山に慣れた町の人たちがよく使う道でもある。新市も何日か前にこの道を教えて貰い歩いたが、登り詰めて山頂に着いただけで里を見つけることは出来なかった。

二年前、自分がどの山のどの道を歩いたのか、今となっては曖昧《あいまい》だ。それもまた、一度里を出てしまった弊害なのだろうか。

一時間ほど歩いた頃、大きな樫《かし》の木の根元で千世は立ち止まり、隣から伸びて来ている他の木の枝を手で軽く払った。

（道が！）

枝の向こうにはもう一本、別の道が伸びていた。千世は無表情だが、たった今、里へ続く道と繋がったのだと本能が告げていた。

同じ山の中にいるのに、新たな道の向こうから吹く風はまるで別の匂いを運んで来た。山の中のような濃厚な緑の匂いではなく、もっと柔らかく清らかな空気だ。

新市はゴクリと唾を飲み込んだ。

「もうわかっていると思うが、ここが境界だ。覚悟はいいか？」

「――そんなもの、とっくに出来ている。行こう」

新市は先頭に立って一歩を踏み出した。枝を腕で支えて上げたままの千世の横を通り、今度は背中を押されることなく、自分の意思と足で境界を越えた――。

三歩歩いて振り返れば、そこはもう山道ではなかった。少し曲がりながら続く竹林のトンネルで、千世と黒犬もすぐ背後にいた。

（知っている。この道を俺は知っている）

ゆっくりと地面の感触を踏み締めるように歩きながら、頭の中にどんどん映像が流れ込んでくる。

（あの一つだけ反対に曲がった竹の道を右に行けば

甘露草の群生地だ）

そしてその反対に進めば低い生垣と裏木戸があって――。

徐々に近付く千世の屋敷を前に、新市の歩みも早くなる。開け放たれた雨戸、草履が下に転がっている縁側、庭を横切る猫に、はためく洗濯物。新市が去った時と変わらない千世の屋敷だった。

たまらず新市は走り出した。あの屋敷には葛がいる。

「葛！」

「あ、待て！　新市！」

後ろから千世の叫び声が聞こえたが、止まってなどいられない。一刻も早く葛に会いたい一心で、新市は裏木戸をあけ、庭に駆け込んだ。靴を脱ぎ捨てるように縁側に上がり、屋敷にいた時に新市が使っていた部屋を横切り、廊下を葛が寝起きしている千世の部屋へ走る。

「あら、新市さん！」

途中、手桶《おけ》を持った早苗とすれ違って声を掛けられるが、挨拶を返す余裕もなかった。

「新市さん、そこは――」

葛の部屋の襖に手を掛けた新市を見て、焦る早苗の声が聞こえた。その後ろからは千世たちの足音が聞こえる。

「葛！」

新市は襖を開いて中に飛び込んだ。だが、そこには誰もいなかった。葛用の小さな調度品、卓袱台、硯や蜜を集める瓶、衣紋掛けには着物が広げられているというのに、当の本人の姿はそこにはない。

「葛？　出掛けているのか？」

隠れているのかとも思い、箪笥の裏や押し入れの中まで探しても葛はいない。それならばと新市は玄関へ向かった。その後ろを、千世と早苗、黒犬が付いて来る。葛の下駄は、そのまま残っていた。千世の柘植《つげ》の下駄と並んで赤い鼻緒の下駄が三つ。

「新市」

その時になってようやく千世が新市を呼んだ。

「――葛はどこだ？」

シンと静まり返った屋敷の中に、葛がいる可能性がないのはもはや明らかだった。明るく元気な葛が、自惚《うぬぼ》れでなく新市のことを大好きな葛が気づかないはずがないのだ。

「まさか……？」

あのまま消えてしまったのだろうかという最も考えたくない予想が現実味を帯びて来て、新市の顔から血の気が引いた。

「千世！　まさか葛は……！」

振り返った千世の表情は苦くはあったが、言葉にしたくない新市の問いには首を横に振った。

「生きている。辛うじて消滅は免れた」

「それなら今どこにいるんだ？　ここじゃないのか？」

「新市さん、葛さんは……」

「葛は都杷様の預かりだ。説明するより見た方が早い。都杷様のところに行く。付いて来い」

言われなくても、と新市は頷いた。

見れば早いと言われた通り、確かに言葉で説明されただけではわからなかっただろう光景が、そこにはあった。

津和の淵。底は地中深くにある龍の国まで続いていると言われている、深い青をした水の中に葛はいた。淵の端の方には底の浅いお椀のような形の小さな窪《くぼ》みがある。上の滝から流れて来る水とは別に、淵の底から湧き出る清水で満たされているそこの前で膝を着き、水面を宥めるように撫でていた都杷は、新市を連れた千世が到着したのを見て、口元を綻ばせた。

「よう来たね、新市。千世もご苦労様」

長い銀髪がさらりと揺れるように一度新市たちを見た後、都杷はまた水の中に視線を落とした。

「新市、こっちにおいで」

後ろ手に手招きされた新市は、ゆっくりと都杷の横に並んだ。そして同じように膝を着き、細い指が示す水中を見て息を呑んだ。

「――――！　葛！」

小さな葛は裸のまま水の中に浮いていた。水面ではなく、水の中に浮いていたのだ。浮き上がるでもなく、沈むでもなく。ただ髪をゆらゆらと揺らし、白い体を青白く光らせながら眠っていた。

思わず手を伸ばした新市だが、水面に届く前に冷たい手に抑えられた。

「触るでない。今触れば、せっかく戻り掛けた神力が消えてしまう。そうすればまた長くここに留めなくてはいけなくなってしまう」

「だが葛が」

「ごらん、新市」

すぐ目の前にいるのに触れられないもどかしさに、摑まれていない方の腕に力が籠る。そんな新市の手を握ったまま、都杷は水中を指差した。

「今、葛は私の作った水の膜に包まれておる。そこから淵に溜まる神力と生命力を体の中に取りこんでいるんだよ。意識があるなら淵に浸かるだけでいいのだけれど、この子は体と精神が砕け散る寸前だった。飛び散ってしまわないようにすぐに固定する必要があった」

　そのための水の膜だという。膜と言っても体に密着しているのではなく、葛の体を取り囲むくらいの大きさの球体だ。球体の中を満たす水の中に浮いているというのが正解らしい。

「もっと早く治すことも出来るのだけれど、葛には私の神力は強過ぎてね。少しずつしか与えることが出来なかった」

　一度に与えてしまえば葛の体そのものが別のものに作り替えられてしまうくらい、都杷の力は強いということだ。

　新市は葛のいる水中にじっと目を凝らした。窪みのすぐ真横には甘露草が咲き、葛を見守るように揺れていた。

「お前ももう薄々わかっているとは思うが、ここは神たちが住まう里だ。神と言っても様々で、力の強いのもいれば弱いのもいる。神になった経緯も里に来た理由も様々だ」

「やはり葛も神なのか？」

「ああ。例外なく、里に住むものは神だ。葛は花の神。小さな花たちが自分たちにも神が欲しいと願い、集まって生まれたのが葛だ。体が小さいのはね、花たちが望んだからなんだ。小さな自分たちも見て欲しいとね」

　そうして葛はある日ぽとりと生まれ落ちた。甘い滴が乳代わりになり、誰かに見つけて貰うまで葛は生を繋いでいた。

「葛は千世が育てたと聞いたが」

「それも本当だ。元は千世の祖母が生まれたばかりの葛を連れて帰ったのが最初だ。薬師をしていた千世の祖母は甘露草の雫を取りに行って拾ったと言っていたよ。どこに行くにも葛を連れ歩いて、可愛い可愛い自慢の孫だと触れて回っていた」

　だからもしかすると葛はとても甘い味がするのかもしれないね、と新市に笑い掛けた都杷の言葉は聞かなかったことにした。気になるが、今はそれよりも葛が元のように起きて走って笑って動くのが最優先だ。

「もしも彼女が今の葛の様子を知ったら血相変えて飛んでくるだろうね」

「もう亡くなったのか？」

「いや、彼女はとても元気だ。とても元気に他の里で暮らしている。千世と大喧嘩してねえ、年甲斐もなく家出するんだから」

　それは確かに元気も有り余っているだろう。

「この花たちは毎朝葛に滋養を与えてくれた。もうすぐここから出ても平気な体になる」

「目を覚ますのか？」

「いや、それはまだ先だよ。言っただろう？　葛の心と体を繋ぎ止める必要があったと。ここから出ても安心出来るようになるだけで、まだ神力は追いつかない」

「じゃあ」

「急ぐな新市。どのくらい先になるのかは、私にもわからない。だけど、葛は絶対に目を覚ます」

　新市も深く静かに頷いた。

（葛は絶対に戻って来る。きっとまた俺を見てくれる）

　その日が来るまで新市はずっと葛の側にいようと思った。

　しかし、事は簡単でも、そこまで単純ではないと都杷は言う。

「つい今しがた、私は葛が絶対に目を覚ますと言ったね」

　頷く。それは誰よりも信頼のおける力の強い神の言葉で、今の新市にはその言葉があるだけでどれだけ安心出来るかわからない。

「ただ、それがいつになるかは誰にもわからない。明日覚ますのか、それとも明後日か、二年後か、もっともっと先か、私にもわからないことなんだ」

　新市はハッとして都杷の顔を凝視した。

「それじゃあもしかして」

「ああそうだ。お前が生きている間に目を覚ますことはないかもしれない」

　新市はぐっと膝の上に組んだ手を握り締めた。

（葛……ごめんな。お前はそこまで傷ついていたんだな……）

　神様としての形を保つどころか、起きて生活することも出来ないほど、粉々にされてしまった葛の気持ちをどう償えばいいのか、どうやったらまた葛と言葉を交わすことが出来るのか、新市の手の中に方法はない。

「――だが、俺は葛の側にいる。十年でも二十年でも、葛が目を覚ますまで側にいる」

　その決意だけは変わらない。もしかすると白髪の老人になってしまうかもしれないが、自分が生を終えるその時まで、葛が目を覚ますと信じて側にいたかった。

「頼む、俺を側にいさせてくれ」

　新市は振り返り、都杷と、少し離れて立つ千世に深く頭を下げた。

　もしかすると、千世が新市を里に連れて来たのは、今の葛の現状を報《しら》せ、もう望みがないと最後通牒《さいごつうちょう》を告げるつもりだったのかもしれない。新市にとって、葛と二度と会えないというのは、これ以上ないほど厳しい罰でもあるのだ。

しかし、

「お前を呼んだのはね、新市。万智からお前がとても心配しているという話を聞いたのと、葛がお前を求めていたからだ」

都杷はそんな新市の肩に手を置いて顔を上げさせると、水の中の葛を目を細めて見つめた。

「俺を？」

「そう。私の神力、千世の神力、他の神たちの力だけじゃなく、葛が欲しいものを与えてあげる必要があった。葛のために、お前には力を貸して貰う。これは私の望みではなく、千世の頼みだ」

「千世が？」

まさかと新市の目は驚愕に見開かれた。

恐らく、津和の里の誰よりも新市を疎《うと》ましく思っているのは千世のはずだ。その彼が新市を頼っているとも言える都杷の発言には、十分驚くだけの根拠があったからだ。

しかし、千世は苦い表情をしつつも顎を引いて、都杷の言葉を肯定した。

「――葛は生きている。このまま淵で都杷様の力に守られていれば、時間は掛かるかもしれないが、いずれ目を覚ます。俺たちもそれは知っている。だけど、それじゃ駄目なんだ」

千世はぎゅっと唇を噛み締め、新市を睨んだ。

「それじゃ葛は生きていても死んだのと同じになってしまう。眠っている葛はどんな夢を見ていると思う？　お前の夢なんだよ。あの子は……葛はずっとお前が里に来るのを待っていた。お前と一緒にまた里で暮らせると信じて待っていた」

その幸せな記憶に包まれて、葛は眠っているのだ。

「――起きた時、お前がいなかったらまた葛は壊れてしまう。お前に会いたいという葛の願いは、まだ半分しか叶えられていない。そうだろう？」

そして、叶えることが出来るのは新市だけだ。

その時、初めて千世は岩の上に膝を着いた。膝を着き、両手を着き、新市に向かって頭を下げた。

「頼む新市。葛を、葛を助けてやってくれ」

新市は都杷を見た。美貌に微笑を湛えた津和の淵の主は、ただ黙って新市の答えを待っている。

決断を下すのはお前だ。

そう銀色の瞳は語っていた。

強大な力を持つ神だからこそ、自分からは動かない。同じ神でも、千世はまだ感情的で人間らしく、葛への愛情が溢れていた。

愛情。

新市が葛に寄せるものとは違うが、根底にある気持ちも願いも一緒だ。

葛に早く会いたい。

ただそのためだけに今、ここにいる。

新市は葛を見つめながら静かに都杷に尋ねた。

「――俺は何をすればいい？」

「簡単なことだ。ここを出てからの葛の世話をお前がする。簡単だろう？」

「それだけでいいのか？」

「それだけでいい。ただし、条件を付けさせて貰う。条件を付ける代わりに、こちらも対価を払おう。お前の望みを叶えてやる。それでどうだ？」

「条件は先に話してくれないのか？」

「条件を聞いて尻込みするくらいなら、最初から聞かない方がいい」

意地悪な方法ではある。だが、

「どんな条件でもいい。少しでも俺の命があることと、葛から離れる以外のことなら呑む」

迷いもせずに即断した新市を見た都杷は、笑みを深くした。

「そう。お前はそれを選ぶんだね。わかった。水神都杷に二言はない。葛が元に戻りお前を再び求めた時には、必ず願いを叶えよう」

都杷様と言う千世の咎《とが》める声が聞こえたが、都杷はまるで気にした様子もなく、すっと背筋を伸ばして立ち上がり、新市の頭の上に手をかざした。

「明日、葛をここから出す。その後は新市、お前に任せたよ」

新市は目を閉じた。頭の上から金色の雨が降り注ぎ、全身が包まれるのを感じた。


葛、俺はずっとお前の側にいるからな。だから早く目を覚ませ。ずっと寝たままでいたら、お前が気にしている鳥の巣頭がもっとぐちゃぐちゃになってしまうぞ。

なあ、葛。もうそろそろ柿が赤くなりそうだ。お前と一緒に栗拾いに行くために、早苗に教えて貰って背負い籠を作ったぞ。お揃いだぞ。お前のは一個しか入らないが、それで十分だろ。

葛、津和の里にも雪は降るのか?

最近は薪割りも覚えたが、櫨禅がやる方が早いと言われて挫折した。千世は相変わらず俺にはきつい。慣れたけどな。

なあ葛、早く目を覚ませ。お前に会えなくて寂しい。お前の笑った顔を早く見せてくれ。

葛、俺はお前を――。


――葛。

長い長い夢を見ていた気がする。ゆらゆらと漣のように揺れる頭の中で、葛はぼんやりとそんなことを考えていた。

(今日の朝ご飯は何にしようかな。昨日のころっけはまだ冷蔵庫にあったかな。洗剤がなくなったから買って来なきゃ。コンビニにも売ってるかな)

少しずつ意識が覚醒していく。まだ眠っていたい気分だが、頭と体が「起きろ」と叫んでいる。寒い朝に布団から出たくなくなるのと同じで、体が甘やかされたい方向に引っ張ろうとするのだ。

(駄目駄目。それは駄目。早く起きて用意しなくちゃ新市さんが――)

葛はパチリと目を開けた。まず真っ先に目に入ったのは細い竿縁《さおぶち》の天井だ。年季が入って飴色《あめいろ》に代わっている天井板を見ていると、なぜか甘い飴を舐《な》めたくなってくる。それから夜の明かりの下の新市の髪の毛――。

上には天井しかなく代わり映えがしないので、今度は首を横に動かしてみる。扇型の透かし模様のある障子の向こうはもう明るい。どうやら寝過ごしてしまったようだ。しかし、こちらも開かれていないため、庭を見ることが出来ない。後で早苗に開けて貰わなくては。

(あれ？　早苗さん？)

さっきまで新市のことを考えていたのに、なぜか自然に早苗の名前が出て葛は首を傾げた。

(待って……待ってわたし。ここはどこ？　新市さんのマンションじゃないの？　千世様の家？)

それなら自分は連れ戻されてしまったのだろうか？

(新市さんに嫌われたから……？)

いや違う。神力がなくなって、姿を維持出来なくなって、体が悲鳴を上げて倒れたのだ。だが葛が覚えているのはそこまでで、千世の屋敷にいる理由がわからない。

(訊かなきゃ……千世様に訊かなきゃ)

自分がどうして津和の里に戻って来たのか、それから新市はどうしたのか。

葛は起き上がろうと腹に力を入れた。考えていた以上の力と時間を要し、葛はやっと布団の上に上半身を起こすことが出来た。布団は小さな自分用のもので、やはり体が元に戻ってしまったのだとわかる。

(千世様にお願いしなきゃ……新市さんのところに行かせてくださいって)

葛は信じていた。自分の姿が消えれば、新市は悲しむだろうと。倒れる前の数日はあまり仲良く過ごせたとは言えなかったが、だからと言って嫌いになれるはずもない。

(行かなきゃ、新市さんのところに)

ゆっくりと動かした手足。気を失う前にはほとんど残っていなかった力を感じる。

手も足も汚れなど一つもなく、綺麗に拭かれていた。髪の毛もべたべたした感じはせず、逆に艶が出たような気がする。

(ふわふわで、ちょっとだけさらさら)

頭の上に乗せた手の感触に感動し、何度も髪の毛を触っていると、唐突に廊下側の襖が開いて桶を持った男が一人、中に入って来た。見知らぬ人物の登場に、葛は慌ててもう一度布団の中に潜り、寝たふりをすることにした。

(今の人、だれ?)

ぱっと見ただけだったが、里の中の顔見知りではない。もしかすると、葛が外の世界に行っている間に新しく入った神様かもしれない。甘露草の蜜を取りに行く仕事を葛の代わりにやってくれているのかもしれない。

背丈は大きくはない。ずんぐりむっくりとした体に、針金のように堅そうなぼさぼさの髪、顔の半分は髭で覆われていた。

桶の水が零れないよう注意を払っていた男は、葛が起きていたことに気づいていないようで、ゆっくりと近づくとそっと布団の横に桶を下ろし、部屋の隅に重ねられていた手拭いを寝ている葛の首の周りに被せた。

何をしているのだろうかと薄目を開いて見ていると、男は腰に下げた竹筒の中に、小さな細長い耳かきのようなものを入れた。耳かきではなく、匙だ。

中のものをうまく掬《すく》い取れた男は匙を葛の口元に宛がった。

（飲んだ方がいいんだよね）

自然な感じで匙が唇に当たると同時に薄く開けば、甘いものが口の中に広がった。

（これ……！　甘露草の蜜だ！）

何度も舐めたことがあるからよく知っている。甘露草にほんの少しすっとする粒のようなものがあったが、薬か何かなのだろう。

何度か繰り返し蜜を飲ませた男は、壊れ物を扱うような手つきでそっと葛の口元を拭った。それから、桶の中から蒸した手拭いを出して顔や手足を拭った。ごしごしと力強くではなく、たんぽぽの綿毛を摘む時のように優しく力を入れずに、小さな葛の指の間まで丁寧に拭ってくれた。

体を全部拭った男は最後に小さな櫛を取り出した。

「…………」

口を動かして何かを言っているが、音として耳に入れることは出来なかった。梳《くしけず》りながら葛を見つめる男の目には、嬉しさと同時に悲しさが混じり、葛は胸が締め付けられるような痛みを覚えた。

なぜならば、その目の中の光は葛がよく知っているもので、優しく髪を梳《す》いてくれる節くれだった指の温もりは葛が大好きなものだったからだ。

もう寝たふりをする必要はない。

葛の布団を丁寧に掛け直した男は、じっと葛を見つめていたが、やがてのろのろと立ち上がった。そのまま部屋を出て行こうとする男の背中は、葛の知る男と似ても似つかないほど小さかった。見た目も全然違う。それでも葛には確信があった。

「行かないで、新市さん」

ビクリと男の足が止まり、ゆっくりと顔が振り返る。

葛は体を起こし、布団をぎゅっと握って言った。

「行かないで、新市さん。ずっとわたしの側にいてください」

縋るように手を伸ばす。

「もう置いて行かないで。わたしを一人にしないで。側にいてわたしを好きでいてください」

新市さん、新市さん、新市さん。

大好きな男の名前で口の中がいっぱいになる。

驚いたまま目を瞠っていた男は、何度も口を開いては言葉を発しようとした。だが、一つとして音になることはなく、悔しそうに首を振る。それでも男は葛の側に戻って来た。

手を伸ばした葛をどこかぎこちなく、どこか緊張した手が掬い上げる。

葛は手を伸ばし、新市の顔に触れた。堅い鱗のようなものが見える。覚えている新市とはまるで違う顔と姿。

「でも新市さんだ。新市さんがいる」

何度も何度も繰り返し頬を撫でる葛の手は、男が流す涙で濡れていた。

だから葛も泣いた。新市の首に飛びつくようにして縋り、泣いた。

「新市さん！　新市さん、会いたかったぁ……わたし、とっても会いたかった」

葛は倒れた時から先のことは覚えていない。だから、本当なら何日も会わなかったとは思わないはずだ。しかし、心は覚えていた。感じていた。

とても長く、二人が離れていたことを。

葛の瞳から零れ落ちた涙が新市の頬を濡らし、手を濡らす。そのたびに顔の鱗は一枚一枚花びらのように落ちてなくなった。

ポタポタと手や足に涙の雫が落ちるたび、新市の手足が大きくなり、筆を持ち絵を描く人の手になった。葛が手を上に伸ばすと新市は葛を自分の頭の側に近付けた。尖った髪の毛は、葛が触れるだけでサラサラの黒髪に変わった。葛の涙が触れたところから、元の新市の姿に戻って行く。

泣き笑いする葛の目は、元の姿に戻った新市をはっきりと映し出していた。着ている服は丈が合わずに短くなり、動けば破れそうだったが、二人の再会を思えば些細《ささい》なことだった。

「新市さん」

かずらと動く唇は音を出すことがなく、自然に葛はそこに唇を押し当てていた。小さな葛からの口づけは、テレビで見た大人の男女がしていたものとは違う。触れただけだと言う人もいるだろう。それでも、葛にとっては紛れもなく大好きな新市へ向けての精一杯の愛情表現なのだ。

新市が好きだ――と。

「――……か、かず、ら」

「新市さん！　声が出る！」

掠《かす》れてはいたが、はっきりと名を呼ばれ、目を丸くした葛は、胸の前で手を組んだ。

「かずら……葛、葛……！」

「はい、わたしはここです。新市さん、葛は新市さんの手の中にちゃんといます。わたしはどこにも行かないから。新市さんもでしょう？」

「ああ、ああ……もう離さない。葛、葛！　会いたかったッ」

新市は何度も葛に頬ずりをした。泣きながら葛の名を呼んだ。

愛されている。誰よりも新市に愛されている。

そして葛もまた、新市を心の底から愛していた。

再会を喜び、抱き合っていた二人は、新市の戻りが遅いことを気にした千世と早苗の乱入によって引き離されてしまったが、千世の手のひらの上で葛は隣を歩く新市を見つめていた。キラキラとそれはもう嬉しそうに頬を染める葛の姿に、目覚めて嬉しいはずの千世が複雑な表情をしていたが、さすがに目《め》出度《でた》い場で余計な口を挟むことはなかった。

その後移動した部屋で、葛は千世に叱られ、早苗に泣きながら抱き着かれ、自分がとても長い間眠っていたことを知った。

「もうお前が起きないんじゃないかと心配で堪らなかったんだからな！」

「もういいじゃないか、千世。こうして無事に葛が目を覚ましたんだ。だからな、ほら離してやれ。握りつぶしてしまう気か？」

櫨禅に指摘され、千世ははっと座卓の上で握り締めていた手の力を緩めた。ちょうど手の平に出来た

筒の中に納まっていた葛は、何とか抜け出すことが出来て台の上に転がり、ぺたりと座り込んでほっと息を吐いた。

「ありがとう、櫨禅様」

ぺこりと頭を下げると櫨禅は穏やかに微笑んだ。

葛はすぐに台の上を走り、一番遠く離れた場所に座っていた新市の前にちょこんと座った。

「新市さん」

「お帰り、葛」

「待て。葛の家はここで、お前のところに帰ってきたわけじゃないぞ」

「千世、大人げないから止めないか」

櫨禅にたしなめられて千世は唇を尖らせた。

(千世様こどもみたい)

うふふと小さく口元を手で隠して笑う葛の頭の上に新市の指が乗る。

葛はくすぐったいのと嬉しいのとで、首を竦めて笑った。

起き上がって事情を説明されてすぐ、新市から何度も頭を下げて謝罪された。櫨禅に言わせると、「物に妬いた」ということらしい。

「簡単に言えば、お前が自分よりも他のものを優先するのが気に入らなかったということだ」

嫌われていたわけではないという事実は、葛を心の底から安心させた。それに、新市は思い出してくれたのだ、里での生活も葛との約束も。

千世が不貞腐《ふてくさ》れた態度で櫨禅に説教されているのをちらりと見て、葛は新市の袖をちょんと引いた。

「お外に行こう?」

しーっと唇に指を当てると、少し驚いた顔をしたもののすぐに新市も破顔して、葛をそっと抱いて立ち上がった。お茶のお代わりを淹れていた早苗は気づいたようだが、人差し指を口に当てた葛を見て、にっこりと笑って頷いてくれた。

いつも二人で座っていた縁側で、同じように座って庭を眺める。新市の膝の上に乗った葛は、赤く色づきかけた木々を見て、もう秋になるんだなあと思った。新市が葛の元を去ってから三回目の秋が来ようとしていた。前の二回は一人で秋の神様が山を赤く染めるのを眺めていたが、今年は違う。

「新市さん」

「葛」

二人は同時に声を出し、

「葛から」

「お先にどうぞ」

また重なって声を上げて笑った。

「あのね、都杷様のおうちのある山の真ん中が真っ赤になったら、栗を拾っていいですよっていう合図なんです。そうしたら、一緒に栗を拾いに行きましょう」

「もちろん葛が案内してくれるんだろう？」

「はい」

「俺もな、ちゃんと準備したんだぞ。俺のとお前のと、栗を入れる籠を作った。それを持ってたくさん採ろうな」

「はい！　そしたら早苗ちゃんが栗ご飯を作ってくれるから、いっぱい食べられます」

食い意地が張っているなあと新市は笑った。

「なあ葛、お前が里の外に出ていいと言われたら、一度外に行かないか？」

「外？　新市さんや万智さんが住んでたところですか？」

「ああ。慌ただしく出て来たから、いろいろ説明もしたり、やり掛けの仕事も片づけなくちゃいけない。

冴島には手土産も必要だ。習字の先生も豆腐屋も心配していた」

そうですね、と葛は頷いた。里の中では元気に走れるくらいには回復したが、人の世界で形を保っていられるまでには追いついていない。そのため、千世だけでなく都杷からも来年の春になるまではずっと里にいるようにと厳命されていた。

正直、まだ里から外に出るのは怖い。だが、新市と暮らした人の世界にも、温かいものが溢れているのも知っている。神力ではないが、彼らの優しさは、葛に確かに力を分けてくれていたと思う。

「新市さんは、お仕事は大丈夫ですか？　絵、いっぱい描くって」

「なんとかなるだろ」

両手を後ろにつき、体を少し後ろに倒して新市は目を瞑って顔をあげた。

「絵はどこででも描ける。ここでも、山の麓《ふもと》の町でも、どこでも描けるんだ。少し不便になるが、慣れてしまえばどこでも一緒なんだと気がついた。仲介して貰っている前田さんには苦労を掛けるが、いいだろう」

「じゃあ、まだいる？　まだ里にいますか？」

「言っただろう？　俺はお前の側を離れる気はないって」

「わたしも！　わたしも新市さんがいてくれた方が嬉しいし、早く、いっぱい元気になります。新市さんは、わたしのお薬です。特効薬です」

なぜか胸を張る葛に、笑う新市の振動が伝わって来た。

「お前と一緒に暮らせるように俺も考える。舅《しゅうと》付きのここで一緒に暮らすのもいいし、麓で家を買って暮らすのもいい」

「アトリエとマンションは？」

「たまに帰るくらいでちょうどいいな。ここと、他の場所がすぐ側にあれば楽なんだが……」

新市の言葉を聞いて葛は考えた。外の世界に行く境界は竹林の向こうにあるが、目印さえあればいつでも道を繋げられるのだ。例えば、玄関を開ければすぐに里に行けるようにもなる。

（新市さん、これ教えたらどうするかな？　どうしてくれるかな？）

絵を描いている新市は好きだ。だから絵を描く仕事は続けて欲しい。だが今回のことで葛がずっと人型を保つには神力が足りないことがわかった。

（わたし、早く一人前の大きな神様になります。だからそれまでは……）

里と家を繋ぐ道を都杷に頼んで作って貰おう。千世は反対するかもしれないが、一生懸命頼んでみよう。

「なんだか楽しそうだな、葛」

「はい、とっても！」

葛はどんと新市の腹に体当たりして抱き着いた。

（わたし、大きくなりますね。早く大きくなって——）

小さな葛の小さな胸の中で、夢はどんどん大きく膨らんでいった。

キャラクターラフより

おっきくなった
神様と…

「新市《しんいち》さん、眠ってる……」

千世《ちせ》の手伝いを終えた葛《かずら》がパタパタと足音を立てて部屋に戻った時、新市は畳の上に仰向《あおむ》けになって寝転んでいた。

「風邪、引いちゃいます」

今朝は吐いた息が白かった。もうあと数日もすれば押入れから火鉢を出して来なくてはならなくなるという話を早苗《さなえ》としてきたばかりだ。

葛は押入れの襖《ふすま》をぐいぐいと開けて、背伸びをして柔《やわ》らかな薄手の膝掛を引っ張り出すと、それを新市に掛けるため、胸の上によじ登った。

大きな頃なら簡単に掛けてやることが出来たのだが、今の葛はまだ小さく、さっと取り出してさっと掛けるということが出来ない。

胸の上に引っ張り上げた膝掛けを少しずつ広げるだけでも一苦労なのだ。

ようやく胸から下まで覆《おお》うように広げることが出来たときには、すっかりくたびれてしまっていた。

はぁはぁと小さく息が漏《も》れ、そのままぺたりと胸の上に座り込んだ葛は、眠る新市の顔を間近で見下ろした。

「お仕事、ちゃんと出来たんだろうか？」

新市が津和《つわ》の里に戻って来たのは、ほんのついさっき、昼過ぎのことだ。それまでは、マンションの方に戻って絵の仕事をしていた。これは、葛の希望によるところが大きい。

葛が目を覚ました後、新市はずっと葛の側《そば》にいることを望んでいた。葛の側《がわ》も同じなのだが、あまりにも長く里にいる時間が長いことに、不安になったのは葛の方が先だった。

里にいる新市は葛の世話をして、千世の小間使いのようなことをさせられて、合間に絵を描いていた。それはそれで葛には嬉《うれ》しいことなのだが、何も知らなかった頃と違って、今では新市の絵の世界のことを少しは知っていると思っている葛には、独り占め出来て嬉しい反面、やはりもっと多くの人に新市の絵を見て欲しいとも思った。

だから言ったのだ。

「お仕事、して来てください」

と。それを口にした時の新市の困ったような泣きそうな顔はしっかりと覚えている。とてもしっかりした大きな男の人なのに、まるで捨てられた子狸《だぬき》のような顔をしていたのだから。

そう言ったら、頭を軽く指で弾《はじ》かれたけれども。

どの道、新市も残して来た仕事は気になっていたらしく、絶対にまた里に戻れるという確約を千世と都杷《とわ》にして貰って、渋々、マンションとアトリエのある都会に戻って行った。それが七日前で、

「これ以上ないほど集中して仕事をして来た」

と明るい笑みと共に帰って来たのがさっき。

葛の仕事が終わったら、お土産《みやげ》話をしてくれると約束していたが、それが果たされるのはまだ少し先のようだ。

「新市さん、お帰りなさい」

葛は顎《あご》と頬《ほお》にペチペチと触《ふ》れた。触れれば温《あたた》かく、顔を近づければ新市の匂《にお》いがする。もっと新市を感じていたくて、葛はそのまま新市の上にころんとうつ伏せに横になり、頬を胸に寄せた。

新市さんと一緒にいたら胸からトクトク音がして、とってもいい気持ちになる。

新市さんと一緒にいたらふわふわして、タンポポの綿毛に包まれているように心地いい。

「わたし、ちょっとずるいかも」

新市のことは何もかも知りたい。自分のいないところで何をしていたか、とても気になる。

前にパーティで見たような煌《きら》びやかな女の人たちに囲まれている新市を想像するだけで、お腹《なか》も胸も痛くなる。

渋《しぶ》る新市に、仕事をするために街に行ってくださいと言っておきながら、本当は誰よりも側にいて欲しいと望んでいる。

「新市さん、だいすき」

大きくなったら、もっとたくさん抱き着《つ》くことが出来るだろうか？　もっとたくさん触《さわ》ることが出来るだろうか？

それにもっと他のことも出来るのだろうか？

「新市さん……」

考えながら葛は安心出来る鼓動《こどう》を子守唄《こもりうた》に、徐々《じょじょ》に瞼《まぶた》が閉じるのを感じていた。不安はない。目を開けても、そこにはちゃんと新市がいるのだと今では信じることが出来るから――。

目覚めは唐突だった。急に体に重みが加わり、ついでに温かい何かに包まれる気がして、葛はパチリと目を開け、そしてさらに大きく目を見開いた。

「わたし……大きくなってる！」

まさかと疑う理由はどこにもなかった。眠る前の姿勢のまま、新市の胸の上にある指は長く、何よりも葛の体に回された新市の腕の強さと温もりが、これが夢でないことを教えてくれる。

「でもどうして……？」

大きくなるには都杷の作った薬が必要で、前の時にはその助けを貰《もら》って大きくなることが出来た。

「もしかして、毎日飲んでるお薬のおかげ？」

目覚めた後も、神力《じんりき》と体力を安定させるため都杷が作った薬は不可欠で、毎日三回ずつ匙《さじ》で掬《すく》って飲んでいた。もしも突然大きくなるとしたら、その薬が関係しているとしか思えない。

「でも」

葛はすりと新市の胸に頬を摺《す》り寄せた。小さな時よりももっとたくさん新市に触れ合える気がして、それだけでも大きくなれてよかったと思う。

「新市さん、早く起きないかな」

葛はくすくす笑いながら、腕や体に手を這《は》わせた。新市の上に乗った体には腕が巻き付いていて抜け出すことは出来ない。いや、抜け出すことは出来るのだが、こういう体勢で新市と向かい合っていることが珍《めずら》しいのと楽しいのとで、目を覚ますまで堪能《たんのう》することにしたのだ。

「驚くかな？　わたしが大きくなって喜《よろこ》んでくれるかな？」

大きくなっても小さいと言われていた自分だから、きっと今もそれほど重くはないはずだ。

（あ、おひげが残ってる。忙しかったのかな？　わたしに会いたくて急いで里に帰って来てくれたのかな？）

　もしそうなら嬉しいなと、にこにこ笑顔を振りまいていた葛が、もっとよく新市の顔を見ようと自分の顔を近づけた時、ぱっと新市の瞼が開き、目が合った。

　どちらも声を発しないまま僅《わず》かの時間が経過して、

「……葛？」

　掠れた声で問い掛けたのは新市だった。

「葛なのか？　お前、大きくなったのか？」

「はい。葛です。大きくなっちゃいました」

　少しおどけたのは、なんだか気恥ずかしい思いが先に立ったからだ。

「本当に葛なんだな？　でもどうして？」

「わたしにもわからないです。気がついたら大きくなってて」

　だが、新市はそれ以上は追及《ついきゅう》しようとはしなかった。ここが神の住まう里だと知っている新市は、ありのままを受け入れることにしたのだろう。

「神力が戻ってきている証拠だろうな」

「後から都杷様に訊《き》いてみます」

　わからないこと不思議なことがあれば都杷に尋《たず》ねるのが一番早い。

「そうだな。行く時には一緒に行こうか」

「はい！」

　もしかしたらまたすぐに小さくなるかもしれないが、そうならなければ手を繋《つな》いで津和の淵《ふち》まで散歩をしよう。小さくなったら、いつもみたいに新市のポケットに入って楽をしよう。

　そんなことを考えていた葛は、さわりと自分の体に触れる手に、びくりと肩を竦めた。

「し、新市さん？」

　だが、葛の困惑をよそに新市の手は葛の体を這うことを止めない。

「あの、もしかして寝惚《ねぼ》けてますか？」

　くすぐったくて少しだけ体を動かせば、手は柔らかな脇腹を辿《たど》り、背中から尻のあたりまで何度も往復するように撫《な》でさする。

「いや、目は覚めている。ただ、本当にお前がいることを確かめたくて」

　こうして触れているのという言葉が頭の上の方から降って来て、葛はぽっと頬を赤らめて、新市の服をぎゅっと握り締めながら胸に顔を埋めた。

　新市は、それまで悪戯《いたずら》のように触れていた手を背中に戻し、思い切りきつく抱き締めた。

「新市さん？」

「こうして葛を抱き締めるのが夢だったんだ。その夢が、今叶った」

「今までも出来たでしょう？」

「今までのとこれからのとは違う。それに小さかったら力を入れたらそれだけで潰れてしまうだろう？」

　だから今の大きさはちょうどいいのだと言いながら、新市は葛の髪を撫でた。

「小さいわたしよりも大きい方がいいですか？」

「いや、そんなことはない。小さなお前が一生懸命なのを見るのはとても好きだし、可愛《かわい》くてたまらない。だけどな、葛」

　そこで新市は起き上がると、そのまま胡坐《あぐら》をかいた自分の腿《もも》の上に跨《またが》るように葛を座らせた。

「大きくなったお前じゃないといろいろとしたいことが出来ないこともあるんだ」

「したいこと？　――！」

　首を傾げた葛の唇に、新市の唇が触れた。

「こんな風にキスしたり」

　それから首筋にちくりとした痛み。

「お前の肌を味わったりするのも、全部大きくなくちゃ出来ないだろう？　それにもっと他のことも。お前はどんな甘い蜜《みつ》を俺に与えてくれる？」

「ほかの、こと？　蜜？　……あ、ん」

　甘い声が漏《も》れたのは、新市の唇が乳首を食《は》み、手が腰から下に伸ばされたからだ。

　新市の腿の上に全裸で座る葛は思った。

（大きくなるって大変なんだ）

　だがそれも新市と一緒なら平気な気がする。

　じゃれ合う二人の姿を見つけた千世が、真っ赤になって櫨禅《ろぜん》の家まで聞こえるほどの怒鳴り声を上げるまであと少し。

あとがき

こんにちは。朝霞月子《あさかつきこ》です。葛《かずら》という小さな神様が頭の中にぽんっと浮かんで、それから脇役の神様たちが出て来て、最後にようやく攻の新市《しんいち》が出来たという、多少変則的な書き方をしていましたが、いい具合に新市さんがヘタレてくれてほっとしました。

だからこそ、葛の天然さや健気さ、一生懸命が際立つと思うのですが、これにカワイ先生のイラストがとてもぴったりで、最初から最後まで萌《も》え萌えさせていただきました。表紙のちいさな葛を見た瞬間、身悶《みもだ》えしました。表情といい、体つきといい、葛の一生懸命さが存分に伝わってきました。葛と言えばカワイ先生の絵がポワンと浮かぶくらい、まさに「葛」でした。ありがとうございます。カワイ先生含め、作業ギリギリのところを辛抱強く待っていてくださった出版社の皆様、関係者様、本当にありがとうございました。

BL的に非常に残念なことに（!）、本分中に肌色シーンがありません。ただ、それも含めて、ちいさな神様が人間の男に恋をして、一生懸命頑張《がんば》って、実らせる話だと、これからの幸せな二人の生活を想像して、読んだ皆様がほっこり癒《いや》されるような作品になっていればいいなと願います。

次回作でまたお会い出来ることを楽しみにしています。

この本を読んでの
ご意見・ご感想を
お寄せ下さい。

〒151-0051
東京都渋谷区千駄ヶ谷4-9-7
(株)幻冬舎コミックス　リンクス編集部
「朝霞《あさか》月子《つきこ》先生」係／「カワイチハル先生」係

リンクス ロマンス

ちいさな神様、恋をした

2015年4月30日　第1刷発行

著者……………朝霞《あさか》月子《つきこ》

発行人…………伊藤嘉彦

発行元…………株式会社　幻冬舎コミックス
〒151-0051　東京都渋谷区千駄ヶ谷4-9-7
TEL 03-5411-6431（編集）

発売元…………株式会社　幻冬舎
〒151-0051　東京都渋谷区千駄ヶ谷4-9-7
TEL 03-5411-6222 (営業)
振替00120-8-767643

印刷・製本所…株式会社　光邦

検印廃止

ISBN978-4-344-83427-9 C0293
Printed in Japan

幻冬舎コミックスホームページ　http://www.gentosha-comics.net